魔豆

我，精靈王，缺錢！

Elf, foods and save the world!

03

醉琉璃——著

03

目錄

楔子

翡翠又在作夢。

這是很奇妙的感覺，他覺得自己很清醒，但同時也清楚地感知到自己正在作夢。

只是不像之前的夢境會出現羊排、牛排、漢堡排、香雞排、烤乳豬、燒酒雞、薑母鴨、羊肉爐、北京烤鴨，或是古怪又歪曲的黑影……

這次的夢是一片白。

白得讓人找不出周圍的邊際。

白得讓翡翠再次回想起他剛到這個世界，和斯利斐爾初見面的那個雪白空間。

似乎下一秒，光團就會從某處角落冒出來。

這念頭剛閃過翡翠腦海，他驀地瞪大眼，前方居然真的冒出了一個銀色的光團。

不是吧，難道他真的夢到斯利斐爾了？如果是這樣的話……

翡翠迅速雙手交握，在內心用力祈求，希望能夢到一個鬆餅形態的真神代理人！

隨著銀光逐漸褪去，翡翠期盼的表情也跟著垮了下來。

出現在他面前的，是一對他從來不曾見過的陌生男女。

或者說，男人與小女孩。

翡翠對不能吃的東西向來不感興趣，或許是他失望的表情太露骨，反倒讓站在他眼前的男人笑了起來。

「你對吾等的存在居然沒一點好奇嗎？」說話的棕髮男人五官俊朗，一雙橙色眼瞳有如夕陽溫暖。他一身劍士的打扮，背後的寬劍格外引人注目。

不過，最吸引人的或許是他臂彎中的白髮小女孩。

翡翠的視線重新移回兩名陌生人的臉上，然後他不自覺地摸了摸自己的尖耳朵。白髮小女孩的耳朵也和自己同樣，是不屬於人類的尖長。

「精靈……」他喃喃地說。

「不是精靈，謝芙現在使用的形象是月光妖精。」棕髮男人說，「至於吾，用的也是我子民的外貌。你此刻所見的，都非吾等真正形貌，而是大陸上的第一任勇者。」

翡翠不記得自己有沒有聽過「月光妖精」這個名詞，可他鐵定有聽過「謝芙」這個名字。他倒吸一口氣，瞳孔因爲震驚而微微凝縮。

謝芙……

「羅德、謝芙？法法依特大陸的眞神!?眞的假的？等等，我是在作夢吧，爲什麼我會夢到……眞神？」翡翠連忙捏了自己臉頰一把，不會痛，所以他的確是在作夢。

「因爲吾等也在作夢啊。」披著棕髮男人外表的羅德慢悠悠地說。

翡翠呆了呆，片刻後才想起斯利斐爾曾對自己說過，眞神由於力量用盡，如今陷入沉眠狀態。

「你在作夢，吾等也在作夢，雙方的夢境碰巧接連在一起，這是連眞神都沒有預料到的巧合呢。」羅德微笑地說。

「哇喔……哇……」翡翠不知道自己現在該是怎樣的心情，最後他決定愼重地問，「斯利斐爾的原形是絕世無敵美鬆餅，兩位眞神是不是也有原形？」

「汝想吃？」謝芙冷不防地問道，那張稚氣小臉面無表情，紫水晶般的大眼睛卻沒有符合孩童的天眞柔軟，讓人像是望進了一片冰海。

翡翠下意識繃緊了身體，無法抑制的寒氣從腳底竄上腦門。即使如此，他還是堅持把話說完。

「斯利斐爾在我心裡的第一名地位是不會因此動搖的，他的原形美到讓我一見鍾情。我只是秉持著好奇心，如果這是兩位眞神的隱私，那我就……」

「如果和斯利斐爾一樣呢？」羅德輕鬆的語氣就像在和朋友聊天。

「……請務必讓我咬一口試試味道。」翡翠誠實地屈服在欲望之下。

謝芙的小臉蛋繃得更冷冽，羅德卻是發出大笑。

「吾喜歡誠實的眷族，吾很期待能看到你成爲眞正的精靈王。夢境的連結很快就會消失了，在這之前，吾要告訴你，假如你完成的世界任務越多，獲得的能量夠大，就有一定機率觸發額外獎勵。那可是好東西，千萬別放棄這些機會。」

「額外獎勵……」翡翠一臉茫然，「那又是什麼？我獲得的能量，是指我從碎星上面吸收到的力量嗎？」

「你還漏了你的主食。」羅德提醒。

「你是說晶幣？」翡翠眨眨眼，試探性地問，「也就是說，要是我晶幣吃得更多，碎星之類的也吸收得夠多，然後世界任務再做得積極點……就可能觸發你說的那個，額外獎勵？」

羅德含笑地點點頭，「獎勵很多種，詳細的吾也記不清了。」

「羅德本就不須浪費時間記這些。」謝芙冷冰冰地看著翡翠，「那是汝自己該去探索的事。」

「對吾等的眷族要溫柔點啊，謝芙。」羅德將臂彎中的謝芙托得更高一些，後者自然而然地把手繞在他的脖子上，「雖然吾記得不是很清楚，但其中好像有一項是能改善精靈族的過敏。」

「意思是我可以吃海鮮了？」要不是謝芙給人的威壓感太恐怖，翡翠恨不得一個箭步衝上前，抓著羅德的手熱切追問，「不管怎麼吃都不用擔心可能吃到沒命？」

「改善，不是治癒。」羅德溫柔地潑了一盆冷水。

「羅德，汝不該冀望寄生蟲會有腦袋。」謝芙的嘲諷有如嚴酷風雪。

翡翠被凍得打了一個哆嗦。

嗯，他知道斯利斐爾是像誰了。

下一秒，翡翠發現不論是羅德或謝芙，兩人的身影都在轉淡，輪廓邊緣散出淡淡的銀光，光暈似乎隨時會將一切吞沒。

「你要醒了。」羅德毫不意外地看著自己轉爲透明的手指，「吾等的夢也要結束了。翡翠，你害怕嗎？」

「什麼？」翡翠不明所以地回望。

「你會害怕嗎？」男人又問了一次。

翡翠以爲眞神是在問他重生到這世界的感受，他坦然地搖搖頭，「不會。」

以棕髮劍士外貌現身的眞神卻笑了，他溫和的話語是翡翠在夢醒前聽見的最後一道聲音。

神說：

「你應該要害怕。」

第1章

蒼鬱的森林內，昏迷在地上的綠髮青年霍地張開眼睛，映入眼中的是深暗的泥土地面，進入耳中的是尖利刺耳的音響。

失去意識前的記憶頓時如潮水湧進腦海裡。

他想起來了！

他和斯利斐爾在森林中碰上魔物，展開戰鬥，然後他一不小心被打暈了。

魔物……斯利斐爾！

顧不得還在作疼的腦袋，翡翠抓住掉落一旁的碧色長槍，飛也似地跳起來，目光急急搜尋，隨即便找到那抹正與魔物對峙的銀髮人影。

在斯利斐爾對面的，是一隻人立起來比人類還高壯許多的赭色大熊。

牠毛髮粗短，胸前和雙臂像人類般穿戴護具，覆上厚厚一層的石灰色硬甲。兩隻熊掌指節格外突出，如同一顆顆鼓起的圓包，乍看下簡直像在掌上戴了手指虎一樣。

巨熊朝斯利斐爾揮下凶猛的一掌，後者手持細劍，看似細得能輕易折斷的劍刃，卻硬生生扛下了那充滿爆發力的一擊。

似乎沒想到自己的攻擊會被擋下，巨熊暴躁地低哮幾聲。牠的目標就在這個銀髮男人後面，牠甚至不確定這人是哪時候冒出來的，明明在這之前牠都沒察覺到對方的存在——直到牠把那名綠髮妖精打飛，打算給予致命一擊的時候。

「讓……開……」巨熊憤怒地口吐人言，「我只要……綠頭髮的……傢伙！」

「我？為什麼只針對我？這樣也太刻意針對了吧！」翡翠先前保持沉默是怕斯利斐爾分心，但現在他再也忍不住出聲了。

「您終於醒了。」斯利斐爾手上霍地使勁，靠著細劍逼退了巨熊，「在這種場合下，您居然還有辦法半途睡著，在下眞是開了眼界。」

「我那叫昏迷，不叫睡覺，謝謝。」翡翠送給斯利斐爾一枚大白眼，忍不住和他耳語，「所以那隻熊，牠為什麼執著於我？因為精靈的美貌？」

「您的美貌確實比世上萬物都耀眼。」斯利斐爾說，「但在下相信，幽靈熊會執著於您，是因為您之前太執著於想把牠的熊掌砍下，做成蜂蜜燉熊掌。」

「好像是有這麼一回事……」翡翠撓撓臉頰。

「那麼現在，該您自己處理了。您是成熟的精靈王了，請自己應付幽靈熊吧。」斯利斐爾二話不說退出戰場。

只要他不特意和魔物對上，在魔物眼中，他就像是無生命的存在。用翡翠的話來講，就是個背景板。

翡翠決定嘗試和這隻會說話的魔物溝通一下，「你是隻成熟的幽靈熊了，熊掌可以自動脫落送給我嗎？我會用大量的蜂蜜、美酒和香料，真心誠意地爲它燉煮的，你覺得怎樣？」

幽靈熊只覺得想把覬覦自己手掌的混蛋妖精吃下肚！

牠張嘴露出嚇人的獠牙，發出驚天動地的一聲咆哮，氣勢洶洶地撲向了翡翠，那覆著硬甲的粗壯手臂對準翡翠的腦袋就想搧下。

翡翠眼疾手快，碧色長槍在他手中宛若活物，瞬間精準地扎進了厚實的熊掌中，深深地沒入血肉，發出噗滋的一聲。

幽靈熊雙眼盛怒地染紅，牠沒有因爲吃痛就放棄對翡翠的攻擊。任憑槍尖刺入掌心，另一隻手臂即刻挾帶強勁氣流，朝著翡翠揮了過來。

長槍還卡在對方手上，翡翠一時找不到其他東西抵擋，正巧他從眼角瞥見旁邊有一道長條狀的影子。

無暇多想，他迅雷不及掩耳地一把抓起，朝著幽靈熊的手臂重重擊打，同時順勢抽回長槍。

硬物碎裂的聲響進入了一人一熊的耳中。

但碎的不是翡翠手上抓的東西。

是覆蓋在幽靈熊臂上的硬甲碎了。

比起先前大掌被洞穿一個洞，灰色甲殼的破碎儼然給幽靈熊帶來更劇烈的疼痛。滿懷痛苦的嘶吼聲從喉嚨衝了出來，牠甚至連退好幾步，灰甲破碎的手臂垂在一旁。

翡翠猜測，也許幽靈熊身上的硬甲就像烏龜殼一樣，連接著神經和血管之類的？

他連忙看向自己隨手抓來反擊的東西，看清後更震驚了，差點以爲自己眼花看錯。

比成人手臂還要長的深藍物體有著長長堅硬的觸鬚和一對嚇人大螯，背殼上有著點點銀斑，彷彿正閃耀著淡淡星光。

但不管怎麼看，這看起來分明都是一隻……

「龍蝦!?」翡翠失聲喊道，「爲什麼這地方會有龍蝦？」

不能怪翡翠會有此疑問，畢竟他們遭遇魔物的地點是拉瑞蘭群山當中的一座森林裡。周邊盡是山峰，所以一隻應該在海裡生活的龍蝦，是怎麼跑到這種地方的？

「那是雙水龍蝦。」斯利斐爾一眼掃過，精準地給出名稱，「在弄清牠爲何在這出現之前，在下認爲您應該先關注幽靈熊。」

赭色巨熊看著翡翠的眼神就好像巴不得將他扒皮抽筋，鮮血從掌心的洞口不停淌落下來，牠一動也不動，卻突然發出咕嚕咕嚕的聲音。

「不，等等……牠這是要幹嘛？」翡翠看著喉頭處上下滾動、腮幫子更是一鼓一鼓的幽靈熊，心裡驀地生起不祥的預感。

這一幕他總感覺似曾相識。

「您知道牠爲什麼被稱爲幽靈熊嗎？」斯利斐爾忽地問道。

翡翠一驚，就連這句話也是該死地似曾相識。

「不，我不想……」他的話來不及說完，就被斯利斐爾優雅的嗓音截斷。

「因爲牠身上有幽靈。」

翡翠發誓，他眞的一點也不想知道那隻熊哪裡有幽靈。

尤其是當他看見幽靈熊張大嘴巴，發出響亮的「嘔」的一瞬間——

翡翠自認是個好脾氣的人……喔，現在該說是精靈了。就算忽然被人告知自己死了，還重生了，還成爲剛滅族的精靈王，還必須想盡辦法延長世界存活的時間後，他還是保持著隨遇而安的心情。

用他記得的家鄉流行用語，大概是佛系吧。

但他現在眞的想罵髒話了。

「爲什麼——」他一手抱著雙水龍蝦，一手反射性抓著斯利斐爾，邊跑邊撕心裂肺地大喊，「你們這裡的魔物，都從嘴裡吐出奇怪的東西啊！牠們就不能正常點嗎！」

隨著幽靈熊發出了類似劇烈打嗝的聲音，半透明的綠色物質頓時如噴泉從牠嘴裡噴湧出來，場景可謂相當壯觀。

詭異的綠色膠狀物一落到地面就自動分離成一團一團，頭部呈渾圓，底部是鋸齒狀，表面還有三個疑似眼睛、嘴巴的洞，形成了猶如慘叫的表情。

它們冒出嗚嗚嗚的叫聲，迅速從地面飄飛起，緊追在翡翠他們身後不放，就像一群發狂的小幽靈。

「您希望多正常？正常的嘔吐物嗎？」斯利斐爾在疾奔的狀態下依然呼吸平穩，問話間絲毫不帶喘意。

翡翠的後背竄起一陣惡寒，「不，還是請牠們吐彩虹或幽靈吧……雖然我覺得那些綠色看起來還充滿膠質的玩意更像果凍……算了，當我沒講，從嘴裡吐出來的東西絕對禁止和食物劃上等號！」

「好的，那些您曾經想過是食物的嘔吐物快追上您了。」

「斯利斐爾混蛋王八蛋！」

「那不能改變它們真的快要追上您的事實。」

「告訴我，幽靈熊還有什麼是需要我注意的？」翡翠驚險閃避呼嘯飛來的綠幽靈，目睹那隻撲空的幽靈撞上一邊大樹，接著「砰」地發出了爆炸聲。他果斷收回想把龍蝦當球棒反擊的念頭，腳下速度更快，「就像當初那隻虹兔，你一開始根本沒說過牠的彩虹會引來牠的追殺！」

「那是您當初沒問。」

「所以我現在就在問了！快說，不然晚上你的睡前故事就是《好吃鬆餅的八十七種做法》！」

「這故事聽起來毫無存在價值。」斯利斐爾嚴苛地給予批評，「幽靈熊的幽靈不能碰，一碰會爆炸，這是您剛看到的。而一旦牠開始嘔吐，牠的體內就會產生毒性和極難聞的氣味，並且在非常短的時間內就會流至全身。意思就是……」

「牠不好吃，還有我的蜂蜜燉熊掌也泡湯了！」翡翠悲傷地喊出這個殘酷的事實，腳下猛地一轉，改在森林中跑出一道接一道歪斜的S形，很快地與橫衝直撞的綠幽靈們拉出了更大距離。

幾個片刻後，不論是綠幽靈或是幽靈熊，都被翡翠遠遠地甩在後方。

似乎知道自己追不上了，幽靈熊不再窮追不捨。牠停了下來，連帶那群果凍般的幽靈們也跟著停下。

翡翠微喘著氣，看著那一熊和眾多幽靈。

下一剎那，他就聽見那隻赭色巨熊的怒吼。

「滾！妖精……都不准……再來！」

被下驅逐令的僞妖精摸摸鼻子，和斯利斐爾一塊離開了幽靈熊的地盤。

「還有這隻，怎麼辦？」翡翠沒忘記仍被自己抱著的雙水龍蝦，他將龍蝦舉高，在陽光下瞇眼打量這隻色澤美麗的生物。

觸鬚堅硬細長，眼珠黑亮，深藍色的甲殼表面布滿棘刺。背部的銀斑在光線下越發耀眼，邊緣帶著半透明的光澤，沒有散發一絲臭味。

「嗯，看起來還挺健康的。」翡翠判斷道，「你剛說這叫……」

「雙水龍蝦。」斯利斐爾和翡翠保持一段距離，「您別靠在下太近，在下不想沾到腥味。」

「是是，潔癖男。繼續說下去啊，我還在聽。」

「雙水龍蝦無論是在淡水或海水區域皆能生存，因此才有『雙水』這個稱呼。牠們生命力旺盛，在陸地上也能頑強地支撐一會，甲殼硬度高，一刀下去也難以造成破壞。雖然不知道此地爲何會有雙水龍蝦，但您可以隨便找條小溪或小河將牠丟下去。」

翡翠看著懷裡的大龍蝦，幽幽地嘆口氣。

如果不是天生海鮮過敏，他何必煩惱要把這隻龍蝦放到哪裡，直接就地解決吃進肚子裡不就好了。

即使不知道這世界的雙水龍蝦吃起來是什麼滋味，但在他原來的世界，龍蝦絕對是數一數二的美味食材。

不想還好，一深入想像，翡翠就更控制不住自己的思緒。

突然好想要吃烤龍蝦、清蒸龍蝦、龍蝦濃湯、龍蝦生魚片……

「前方有溪流。」斯利斐爾出聲打斷翡翠的想像，「還有，您的口水要滴出來了。」

翡翠趕緊用手臂擦擦嘴角，還沒等他找到小溪在哪邊，就先聽到一陣陣沖擊水聲。順著聲音一路走去，果然在一處山坡下發現了一條湍急的野溪。

清澈的溪水沖刷過高高低低的石頭，激起水花，替森林增添不少涼意。

越是走近，越能感覺到細密的水氣撲面而來。

翡翠在溪邊蹲下，看著大龍蝦的眼神流露出依依不捨，「親愛的蝦蝦，可惜我們在不對的時間相遇。」

都是海鮮過敏症阻礙了他與雙水龍蝦的深入交流，不過只要他能順利拿到眞神說的緩解過敏獎勵，這些問題都不再是問題了。

「希望我們有緣能夠再次重逢呢。」翡翠小心翼翼地將雙水龍蝦放進溪裡，急速的水流瞬間便把那抹深藍色身影吞沒，「我們快走吧。」

要是再多待一會，他怕自己會喪失理智，不顧過敏的威脅，忍不住跳下溪裡再把龍蝦抓上來，然後千方百計地把剛才想到的菜色都還原一遍。

翡翠拉著斯利斐爾急急離開，自然不會察覺到，被他放生至水裡的雙水龍蝦並沒有順流游走，而是重新冒出了腦袋，兩顆黝黑的眼睛直直地盯住翡翠的背影不放。

直到那道碧影徹底消失在牠的視野之內，牠才慢吞吞地往岸邊游去，竟是又要再度爬回陸地上。

當雙水龍蝦的尾巴離開水面的剎那，一道柔和藍光乍現，藍蝦的身軀消失，取而代之的是一名身穿蒼藍衣飾的削瘦人影站在原地。

他全身上下未沾染一點水氣，乾爽得不像是剛從水裡上岸。一頭柔軟的淡紫長髮滑順地散落至腳踝位置，末端捲曲出漂亮的弧度，髮絲上散落著點點銀星作爲髮飾。抬起的年輕面孔昳麗又不顯陰柔，長長的睫毛在搧動間恍如蝶翅欲飛。

望了一眼如今已空無一人的方向，他轉回頭，做了一個抓握的動作。無數水珠倏地從水面上彈跳而起，有如活物般落進他的掌心內徘徊，最末形成一條小魚的形狀。

「去找女巫，跟她說，我要和她交換條件。」他的聲音剔透悅耳，令人想到淙淙水聲，「別讓我的姊姊們知道。」

水珠凝成的透明小魚擺動尾巴，以最快速度竄回溪裡，一晃眼已不見蹤影。

第2章

完成拯救龍蝦的大業後，翡翠沒有立即拉著斯利斐爾趕回塔爾，去找冒險公會的負責人接洽更多委託。

不是說接委託不重要，那可事關他的晶幣來源，只是眼下還有一件更重要的大事須要先處理。

「你。」翡翠停下腳步，食指大力戳向斯利斐爾的肩頭，「是不是漏了什麼事忘記告訴我？」

斯利斐爾抓住那根手指，將它推回去，「了解，在下今天確實是忘記跟您說了，您的腦子可以再裝點有用的東西嗎？起碼別對著一隻您不能吃的龍蝦流口水。」

「胡說，我明明沒有流口水。」翡翠很篤定，他那時候都用手擦過了，嘴角完全沒有濕濕的感覺，「我最多在心裡對牠流口水而已，而且誰說我不能吃，我以後肯定可以吃的。」

「在下明白，在您的夢裡。」斯利斐爾說。

「不對不對。」這次翡翠沒嘲諷回去，反而露出愉快的笑容，「在額外獎勵裡啊。」

斯利斐爾破天荒地一愣。

「有吧？有額外獎勵這東西對不對？」翡翠氣勢驚人地逼問，「你竟然沒有一開始就告訴我，要是早知道有這麼棒的東西，絕對能讓我的幹勁再提升無數倍的！」

「您是如何知道額外獎勵的存在？」斯利斐爾緊盯著翡翠，紅銅色的眼珠如無機質的金屬，在眼底倒映出小小人影。

翡翠也不隱瞞，「眞神啊，羅德、謝芙兩位眞神。我昏過去的時候作夢了，眞神說祂們正好也在作夢，於是兩邊的夢境相通。祂告訴我，只要吸收的能量越多，就有機會觸發額外的獎勵，其中一種就是減緩精靈族天生過敏症的辦法呢。」

「嗯，在下相信您絕不是撞壞腦袋才說出這種話，也相信您雖然失憶還總是失智，但絕不會編造謊言來欺騙在下。」斯利斐爾鄭重地表達出他的信任。

翡翠微微一笑，很想用拳頭來回敬對方的這份信任。

不過額外獎勵更重要，總之今天晚上睡覺前，他絕對要爲斯利斐爾唸上一本飽含濃濃愛意的《好吃鬆餅的八十七種做法》。

找到合適的發洩方式，翡翠臉上的笑容也真誠了幾分，「先不管我可憐的同伴連腦袋內容物都沒有，那麼那個額外獎勵，是不是該重新說明給我聽？別擔心，我會大度地原諒你的粗心大意，只要你待會變成鬆餅，讓我摸摸抱抱就好。放心，真的只是摸摸抱抱，不會咬下去的。」

有人會相信一個初見面，就把自己生吞了兩遍的傢伙嗎？

起碼斯利斐爾一定不會。

「在您追究之前，在下認爲要先追究您當時的惡劣行爲。」真神代理人回給翡翠一個沒有溫度的笑容，「別告訴在下您忘了，倘若不是您對在下的原形做出如此凶暴、殘暴、令人髮指的行爲，在下也不會在過度衝擊下，將如此重要的事遺忘在腦後。在下本該完美地出場，是您將這份完美毀掉。」

「這個版本的指控我好像聽過一模一樣的？」翡翠歪歪頭。

「就在您問在下精靈族過敏症由來的時候。」斯利斐爾的記性相當好，「在下勉爲其難地再一次原諒您的粗暴。在下相信您和真神碰過面了，就正如真神所說，您做的世界任務越多，就能得到更多能量。一來，除了換取世界繼續存活的時間；二來，部分的能量也能回饋到眞神身上，加速祂們的回復。」

翡翠還記得，羅德和謝芙是因爲讀取和重置世界太多次，才會在最後一次，也就是第九十九次陷入沉眠。

「那跟我吃的主食又有什麼關係？」翡翠提出疑問，「精靈族得吃晶幣才會飽，才有辦法使用魔法，這聽起來都比較像是我自己在吸收能量吧。世界會那麼好心，因爲我吃飽就送我……」

斯利斐爾以指腹按著眉心，忽地長長嘆了一口氣。雖然他還是一貫的面無表情，可看向翡翠的眼神猶如在看一個十惡不赦的壞人。

「精靈是眞神的眷族，是上天的恩寵，他們的力量是神所賜，因此他們吃進的力量，也將回饋給神，這是連精靈族嬰兒剛誕生都知道的常識。」

「你都說我是受精卵了，那我不知道也很……」

「您閉嘴。」斯利斐爾目光如寒刃，「在下忽然不想原諒您了，您那時候的暴行居然讓在下連這點常識都忘記告訴您。」

「欸，這聽起來是你的錯吧……」翡翠嘀咕，「不過反正我現在也知道了，我吃晶幣……慢著，你的意思是，我吃晶幣也等於是把力量傳送給眞神嗎？」

「您的智商終於沒有消失。」

「你說精靈吃進的力量都能給眞神？」

「不是都，是一部分。」

「這時候別挑語病了，懂我意思就好。」翡翠統合目前已知資訊，他扳著手指數，「也就是除了我之外，以後那三隻小精靈也能幫忙一起增加能量的吸收？」

「是的。」斯利斐爾做出總結，「您只要記得，倘若您更積極向上地做任務、賺取晶幣，就有機會獲得世界額外贈予的獎勵。」

「我要多積極？現在這樣還不夠？」

「您在說笑話嗎？」

「我明明很認眞……啊，我明白了，你那看螻蟻般的眼神已經很充分地解釋一切。總之還不夠，對吧。」

「世界任務必須依靠世界意志發布，因此在下並不會在這一點上苛責您的懶惰。」

「嗯嗯，懶惰的是世界意志才對。」翡翠認同，「太懶惰了，真是個傷腦筋的世界。」

簡直像在抗議翡翠的說法，他話語剛落下，在他和斯利斐爾的腦海中，一道平板無波的聲音驟然響起。

「任務發布，請在綠色的塔關閉之前，破完綠色的塔，完成綠色的任務。」

翡翠覺得滿腦子只剩下「綠色」這個字眼。

「我說，這個滿滿綠色的……任務，是怎麼回事？」他狐疑地看向斯利斐爾，「剛那是世界意志的聲音，對吧？」

斯利斐爾嚴肅點頭，能夠在他的腦中出現，除了世界意志的聲音別無其他可能，但是連他也無法理解這項任務所代表的意義。

太籠統也太模糊了。

只能推測出他們得前往的目的地是一座塔，卻連塔所在的地點都是未知。

猛然間，森林裡發出一陣嘩啦響聲，引得翡翠和斯利斐爾反射性仰頭向上看。

他們此時所處位置正好沒有被濃密的枝葉遮擋住，可以完整看見上方天空，以及眾多衝上高空的飛鳥。

精靈的視力很好，即使隔著老遠的距離，翡翠還是能大致看清那些身影清一色都是黑羽，但拍振的雙翅卻和尋常鳥類截然不同，竟是像蝙翼一般的膜狀。

牠們在森林上方盤旋一陣，隨後朝著四面八方散去，並且尖銳地啼叫出人聲。

「偉大的縹碧之塔三日後開啓！偉大的縹碧之塔三日後開啓！偉大的縹碧之塔三日後開啓！嘎！」

黑鳥很快消失在翡翠他們視野中，但刺耳的叫聲仍在森林上方迴盪著。

「碧在你們這是綠色吧？」翡翠收回仰望的視線，率先開口。

「縹也是，在法法依特大陸上，它指的是淡綠色。」斯利斐爾說。

兩人對視一眼，同樣的念頭迅速浮上心中。

縹碧之塔……那不就是綠色的塔嗎？

偉大的縹碧之塔，又叫作大法師塔，座落在南大陸的西北地帶。

塔的主人是一名妖精魔法師，力量強大，獨創出多種新魔法；也曾憑一己之力，幫助南大陸的都市抵禦魔物來襲。他的名字被記載在多篇詩歌和書籍當中，更是後世魔法師們崇敬的對象，甚至被人尊稱爲大魔法師。

不過重點不在於他生前有多偉大。

對的，生前。

這名大魔法師早在兩百年前就已死亡，他生前居住的地方就是縹碧之塔。

當他死後，這座塔也不曾被人遺忘。

據說塔裡藏有稀世的魔法典籍和魔法道具，以及塔主人從各地收集的珍貴財寶。

不論是眞是假，這個傳聞成功激起了無數人的好奇心或貪婪之心。兩百年來不斷有人想要闖入縹碧之塔，將大魔法師的遺產佔爲己有。

但魔法師留下的東西豈是那麼簡單能拿到的。

根據記載，縹碧之塔在主人身亡後就消失在世人眼前，每逢五十年才會再次出現。

在縹碧之塔即將開啓前，大魔法師在世時培育出來的留聲鳥就會負責將消息散播出去。第一代留聲鳥死了，就換第二代、第三代接替這項任務。

而三天後，將迎來第四度的開啓。

——以上這些有關縹碧之塔的情報，都不是從斯利斐爾那邊獲得的。

身爲眞神代理人，斯利斐爾確實是上知天文、下知地理，熟知的事包羅萬象。他可以鉅細靡遺地爲翡翠說明魔物、植物，或大陸其他生物種族的差異特徵。

但不代表他會記得大陸歷史上曾經存在過什麼重要人物。

「以您那邊世界的說法……」斯利斐爾對此是這麼解說的，「當您知道體內有寄生蟲，您還會特地了解牠長得怎樣，每一隻之間又有什麼不同嗎？」

「謝謝你生動又欠人揍的解釋喔。」翡翠翻了白眼，再一次在內心感謝起塔爾分部的存在。

比起身邊缺頁的百科全書，有問題還不如直接求助冒險公會的負責人們。

此時的翡翠和斯利斐爾正在趕往華格那城的路上。

那是離縹碧之塔最近的一座城市，同時也是冒險公會華格那分部的所在地。

昨天在接收到世界任務後，他們立即先返回塔爾整裝，並從灰罌粟他們那邊得知了一些注意事項。

例如與其貿然跑到縹碧之塔要現世的地點，不如先去華格那分部，畢竟有地緣關係，那邊的負責人比起塔爾能掌握到更加全面的情報。

不過這幾天華格那分部很可能會大爆滿，想要進入縹碧之塔的人大多也會先前往華格那分部尋求協助，好爲他們的尋寶之旅做足準備。

爲了避免翡翠無法及時見到負責人，灰罌粟看在他是自己未來骷髏預備軍的一員，特地幫他寫了一封介紹信。

只要有這封信，就算到達時間是華格那分部未營業的假日，也能成功進入拜訪。如果是大排長龍的平日，那就更簡單了，靠信能直接插隊到最前面去。

翡翠深切體會到走後門的好處。

由於塔爾和華格那之間相當遙遠，只靠普通馬匹是絕對無法在三天內抵達的。但是翡翠他們以前租借過的赤髦牛也派不上用場，牠的速度同樣不夠快。

於是這一回，替翡翠他們拉車的是白金角馬，一種以高速聞名的馬類魔物。特徵是白金色的華麗毛髮與額前雙角，缺點是性子反覆無常，拉車都是看心情，愉快的時候一路順利，不開心的時候隨時都想著把馬車拉到山溝裡。

除非是時間上眞的迫在眉睫，否則還眞沒多少人想將白金角馬列入選擇。

不過翡翠倒是不擔心這一點，也不知道斯利斐爾是怎麼做到的，總之他一站在原本還用鼻孔看人的白金角馬面前，那隻馬瞬間低下腦袋，刨地的蹄也不踢了，還發出撒嬌般的叫聲，只差沒在頭上寫著「我很乖」。

就連白金角馬的主人看了也嘖嘖稱奇，直呼是第一次看到這種場面。

有了白金角馬的飛快速度，翡翠他們第一天就趕了一半以上的路程，預計第二天傍晚就能到達華格那城。

翡翠原本是在馬車裡睡覺的，突來的一個劇烈顛簸將他震醒，他揉揉眼睛爬起來，下意識先尋找起自己的背包。

或許是這些日子養出的習慣，他的包包還躺在他的懷抱裡，沒有滾到旁邊角落。

他靠著車廂薄板，將包包打開，認眞端詳裡頭的內容物。

三顆金燦燦的蛋上散布著裂痕，其中一顆甚至還破了一道小缺口。

——就是不肯眞正孵化。

彷彿那一天的動靜只是翡翠的錯覺。

他甚至試著從破洞處窺探蛋殼內的景象，結果只看見一團黑，其他什麼也沒看到。就連另外兩顆蛋也是，裂痕多得像隨時會劈里啪啦全碎開，偏偏仍是頑強地支撐著，死不肯讓自己見光。

翡翠也不敢硬來，就怕對蛋裡的幼崽造成什麼不可逆的傷害。

但是都只差臨門一腳了，崽崽們卻不願意出蛋……這讓翡翠都有些惆悵了。

他幽幽地吐出一口氣，忍不住朝外頭呼喊，「斯利斐爾，小一照理說能孵出來了，爲什麼還是沒動靜？它那天明明還轉圈圈給我看了！」

坐在外頭的斯利斐爾原本不想搭理車內的精靈王，與對方交流太多會降低他的智商，可一聽見那個詭異的稱呼，頓時讓他坐不住了。

給白金角馬一個好好拉車、不准偏離方向的指令，斯利斐爾轉身進到車廂內。

「小一是誰？」斯利斐爾眉頭攏起。

「這顆蛋啊。」翡翠把破了小洞的金蛋捧起，「有個名字比較好叫嘛，然後另外兩顆就是小二和小三。」

「您的品味簡直差勁透頂。」斯利斐爾嚴厲批評，「這提醒了在下，我們必須趕緊將取名的事排上行程，擇日不如撞日，就現在吧。」

斯利斐爾手指往半空一劃，翡翠曾經見過的透明欄框一口氣出現三個。

「取名字嗎？好啊好啊。」翡翠摩拳擦掌，發誓要給自己的三顆蛋取個非常棒的名字，最好跟他一樣全名都破百字。

怎麼可以只有他一個人擁有那種長到背不起的名字呢？

獨樂樂當然不如眾樂樂！

依照上次經驗，翡翠馬上在心裡默想著讓他懷念的原世界美食。

珍珠奶茶、涼拌珊瑚草……

「好了，到此為止。」斯利斐爾冷不防打斷翡翠的思路，「依您的意見，就叫珍珠和珊瑚。」

「什麼!?」翡翠大驚失色，不敢置信地看向斯利斐爾，「我明明想的是珍珠奶茶和涼拌珊瑚草，而且我根本還沒想完，我覺得我還能再想一、兩百字以上的菜色出來！」

「不須要您覺得，在下覺得您想完就夠了。」斯利斐爾專斷地說，他一個彈指，浮現在其中一個欄框的珍珠奶茶和涼拌珊瑚草登時被抹去部分字跡，成為珍珠和珊瑚，接著珍珠兩字再飛往另一個框框。

只剩下一個姓名欄仍是空白。

「您可以為您的第三位子民取名了。」斯利斐爾有禮貌地說，「請別客氣，盡量發揮您的想像力。」

媽的，好想揍人怎麼辦？翡翠覺得斯利斐爾壓根是故意的，他都已經幫兩隻小精靈取了寶石的名字，難不成真讓他為最後一位取名香雞排巴啦巴啦之類的嗎？

那隻小精靈出生後萬一認為自己被差別對待，不得寵愛產生自卑怎麼辦？要知道，小孩的心靈教育是很重要的。

「可惡……」翡翠恨恨地放棄了本來擬定好的豪華菜單，心不甘、情不願地想了替代方案，「最後一個就叫瑪瑙吧。」

翡翠尾音剛落下，那顆破了個小洞的金蛋突然從背包裡蹦跳出來，嚇得翡翠趕緊把蛋抓住，就怕它不小心又磕壞了哪邊。

金蛋在翡翠的掌心間不停鑽動，似乎想從他的手中溜出來。

翡翠只好把蛋放在車廂地板上，登時見到金蛋轉起圈圈，乍看下就像在跳舞。

「這是……很高興的意思？」翡翠不確定地問道：「因爲我剛剛說到名字，說到瑪瑙……」

一聽到瑪瑙，金蛋立刻朝翡翠腿邊偎靠過去，還用蛋殼蹭了蹭他的小腿。

這下翡翠看明白了，這顆蛋想認領瑪瑙這名字啊。

「知道了，你以後就叫瑪瑙了。」翡翠笑咪咪地說，「先回背包裡待著吧，免得不小心滾出去。」

金蛋沒有照他的話做，反倒再次蹦跳得高高的，差點就撞到翡翠的下巴。

翡翠摸不清瑪瑙的意圖，發現它不死心地又想來一次，急忙接住蛋並捧得高高的。

「你……想撞我下巴？」

金蛋強烈地左右搖晃。

翡翠猜這是「不是」的意思，「你想往我下巴靠近？」

金蛋往前傾倒一些，又挺立回來，看起來就是在點頭。

翡翠摸不著頭緒地將金蛋捧近自己的下巴，緊接著就感覺到自己的嘴唇被冰涼的蛋殼輕碰了一下。

金蛋迅速倒下，整顆蛋散發出強烈的害羞意味。

翡翠的嘴角不自覺地揚起，將恢復乖巧的金蛋重新放回去。

「瑪瑙感覺特別活潑。」翡翠說，「但珍珠和珊瑚就沒什麼動靜。斯利斐爾，這是怎麼回事？」

「瑪瑙快孵出來了，但您的愛意還不夠。」斯利斐爾說，「在下曾經和您說過，要讓您的子民盡快誕生，必須給予更多的關愛。」

翡翠不服氣，「我有關愛它們啊，晚上也都抱著它們睡覺。」

「主人。」斯利斐爾不常喊這個稱呼，通常他喊出來的時候，就和在說「您真是智障」差不多，「請您不要把食欲錯當成愛意。」

翡翠假裝什麼也沒聽見。

這真的不能怪他，精靈族幼崽在孵化之前，天天都是以蛋的形態在他面前晃。而說到蛋，最直接的聯想不就是食物嗎？

他能忍到現在，沒有真對這三顆金蛋下手，絕對是稱得上感天動地的愛情表現了。

這段日子相處下來，斯利斐爾對看穿翡翠的心思已有幾分心得，他一眼就看出翡翠的心裡估計正在理直氣壯地腹誹。

他眼一瞇，正要展開滔滔不絕的指責，外頭的白金角馬霍地揚起一陣高亢的嘶鳴。翡翠樂見斯利斐爾到馬車外，他抱著金蛋又想倒回去睡個回籠覺，卻聽見斯利斐爾在外頭喊他。

「您要出來看嗎？華格那城就在前方而已。」

「已經到了？這麼快？」翡翠驚訝地來到車廂外，瞬間就被不遠處的景象震撼住。

不同於一般都市大多單純以磚石作爲圍牆建材，華格那的外牆赫然纏繞著無數粗大樹根。它們盤根錯節地攀繞在上，一路朝牆垛而去，在最頂端伸展著自身的枝葉，形成蒼鬱的天然遮蓋。

乍看之下，華格那就像是與眾多參天大樹融爲一體，如同一座森林之城。

「哇喔！」翡翠雙眼發亮，「那些樹會結果嗎？好吃嗎？我碰得上它們長出果實的時間嗎？」

「您的問題，答案全都是否定。」斯利斐爾對於向翡翠大潑冷水一事，一向做得樂此不疲，「您坐好，免得不小心飛出去，又被白金角馬踩過去，在下畢竟不希望您的臉受傷。」

「……你可以關心一下我臉以外的地方嗎？」

「那麼，也請您多注意您軀體的完美，別讓它有所損傷。」斯利斐爾從善如流，他拉著翡翠坐下，示意白金角馬快接近城門的時候減慢速度，「入城後，您也不須再穿上斗篷了。」

「欸？但是妖精很顯眼吧。你不是還說過，女妖精是全大陸男性最想追求的第一名？」翡翠摸摸他的尖耳朵。

精靈在法法依特大陸上似乎成了傳說的存在，因此他每一次都會被誤認爲是有著尖耳特徵的妖精族。

「在別處顯眼，但在華格那就不會。」斯利斐爾淡淡地說。

因爲華格那城還有一個別稱。

它又被人們廣泛地稱呼爲——

妖精之城。

第3章

華格那會被稱爲妖精之城，主要在於它的居住人口以妖精族爲大宗。

南大陸的天氣總是悶熱，讓人覺得空氣裡充斥著濕黏的水氣。而華格那位在大陸西北部，背靠寧靜海，常年從海上吹來濕熱暖風，夏季時更會飆升到驚人的高溫。

照理說，這不會是妖精喜歡的生活環境。

但好在這座大城同時也是一座與巨樹和諧共存的城市，不單是城牆，就連城裡的許多屋子亦是和大樹結合爲一體，處處都能見到生活區域中融入了大量綠植。

於是在這些樹木對溫度有效的調節下，完全避免了華格那城在夏天可能會變成一個大烤爐的窘境。

找了個地方借放白金角馬，翡翠與斯利斐爾決定先前往華格那分部拜訪。

城裡隨處都能見到纖細貌美的妖精，這也讓翡翠的尖耳朵顯得不那麼引人注目。

華格那分部堪稱是這座大城市的指標存在，問了幾個人之後，翡翠二人已大致摸清路線。

只要沿著東南的方向一直往前，再轉過幾個路口，就能看到木森大廣場。廣場上鋪滿魚骨圖案的白磚，華格那分部便位於廣場正中央的盡頭。

「你們想去華格那分部的話，動作要快一點。」其中一個市民好心地說，「這幾天春麥小姐的脾氣比較暴躁，很可能隨時提早關門，不再幫忙看臉了。」

「啊？」翡翠一臉困惑，「看臉，爲什麼要看臉？」

「難道你們不是來給春麥小姐看臉的嗎？」那人也茫然反問。

「我們只是剛好要找華格那分部幫忙……」翡翠含糊地說，「你說的看臉，是怎麼回事？」

「最近縹碧之塔不是要開了嗎？」那人說，「所以想進塔的人都來給春麥小姐看臉了。不管怎樣，你們還是趕緊過去吧，聽我鄰居的表姊的阿姨的兒子說，春麥小姐或許再撐沒多久，就會拉著其他負責人扔下分部，一起離家出走了。」

這可不是好消息。

就算有介紹信能走後門，可萬一人不在了，那後門還走個屁啊，連門都不會開了。

謝過對方的好心提醒，翡翠連忙與斯利斐爾加快前進的速度。

翡翠甚至忍下想要先好好吃一頓的衝動，將美食放在後頭，以獲得縹碧之塔的相關情報爲優先。

這對以往的他來說，簡直是不可思議的一件事。

斯利斐爾忍不住多看他一眼，「您今天正常得不像話。」

「你那是在誇人嗎？」翡翠哼了一聲。

「不，在下是在損您。」

「你還是別講話吧。」

「您以前容易爲食物失去大腦。」斯利斐爾充耳不聞，「今天的您倒是很不一樣。」

「那還用說嗎？」翡翠直接忽略第一句，他得意地挺起胸膛，「我已經不是以前的我了，我可是要努力賺錢養孩子，努力讓孩子生出來的優秀精靈王！」

「然後？」斯利斐爾才不相信對方的目的如此單純。

「然後當然是成功獲得額外獎勵，讓我的過敏症好轉，可以大吃特吃海鮮大餐！」

翡翠握緊拳頭，鬥志高昂，「最後帶著我的小精靈們一起創建偉大的……美食國！」

「在下不會摧殘您的自信，但在下必須提醒您。」斯利斐爾冷漠地說，「身爲精靈，您該創建的是精靈國。況且您創建美食國也沒用，您又無法靠那些東西吃飽，不如您創建一個晶幣國吧。」

「那國家肯定撐不到多久就被吃光了吧。」翡翠擺擺手，拒絕這提議，「而且聽起來超沒吸引力的……算了，先別管我的夢想了。剛那人說的看臉，是怎麼一回事啊？」

「在下不知道。」

「而且爲什麼是由那位叫春麥的負責人負責看？她和縹碧之塔難道有什麼關係？」

「在下不知道。」

「那你知道些什麼？」

「在下只知道您再不往左邊走，就要直接撞上柱子了。」

翡翠連忙煞住腳步，面前是一根距離他不到十公分就會撞上的燈柱。他下意識摸摸鼻尖，幸好沒眞的撞上，不然鼻子就要扁了。

他一抬頭，發現這裡的燈柱與塔爾市有很大的不同。它是一根極爲瘦長的樹枝插立在路面上，樹上開出一朵碩大白花，花裡置入會發光的日核礦。

白天不明顯，換作晚上去看，恍如是無數潔白花朵在爲這座城市照明。

「您再看下去，那花也不能吃。」斯利斐爾太了解翡翠的凝視是含帶著什麼意味，他二話不說地把人從路燈，或者說樹燈旁拉開。

「看一下又不會怎樣，我可以腦內想像啊。」翡翠嘴上叨唸著，腳步也跟著乖乖地邁出。

「您大可以把口水省下來，晚上睡覺時在夢裡尋找。」斯利斐爾給出眞誠的建議，「反正夢裡什麼都有。」

「嘖，不懂美食浪漫的傢伙。」翡翠鄙夷。

曾被當成美食吃下肚的斯利斐爾面無表情，他一點也不想理解這種浪漫。

就算想著白糖炸梔子花想到快流口水了，翡翠還是很有毅力地繼續往目的地前進。

一切都是爲了額外獎勵！

早日完成任務，才有機會早日獲得！

「咦？那個是什麼？最後尾？」翡翠詫異地指著前方街角，那裡有隻高大的玩偶熊手持顯眼木牌，牌子上寫著大大的「最後尾」三個字。

咖啡色系的玩偶裝將穿戴者完全包裹，根本看不出裡面人的性別。那雙大大的熊掌舉著木牌，圓圓的熊頭東張西望，接著注意到在對面的翡翠二人。

玩偶熊歪了歪頭，隨即以脖子夾住木牌，做出了代表恍然大悟的擊掌手勢，接著朝翡翠他們招招手。

翡翠狐疑地比向自己。

玩偶熊點點頭，再次招招手。

「我知道自己長得好看，但連一隻玩偶熊也看上我了嗎？」翡翠納悶地猜測著。

「在下願意不厭其煩地提醒您，您的臉是您最大的優點了。」斯利斐爾推著翡翠的肩膀，示意他朝那隻玩偶熊走。

翡翠剛站到玩偶熊面前，對方就先開口了。與可愛的外表全然不同，從玩偶裝底下流洩出來的是異常低沉的男人嗓音。

「你也是來看臉的吧，隊伍的最後端在這，不要跑錯地方了。耐心點等待，也許今天還有機會讓春麥看看你，如果春麥心情好的話。」

「排隊？那要排多久？」翡翠好奇地問道。

玩偶熊將木牌往下一擱，木頭柄端竟生生地戳進硬實的地面。將最後尾的牌子固定好，他帶著翡翠二人繞了過去。

翡翠眸子睜大，原來他們在找的木森大廣場就在轉角後，白色磚石鋪滿整個廣場，白磚上畫著奇妙的魚骨圖案。

如果是人少的時候，應該能瞧見一大片魚骨壯觀地排列在地上，只不過此刻廣場人潮洶湧。

看著那又長又曲折的隊伍，翡翠差點以為自己來到原世界的選秀現場。否則放眼望去，為什麼排隊的人不論男女，通通都是貌美如花？

✣✣✣

「啊啊啊——我、不、幹、了、啦！」

將手裡畫筆用力一摔，綁著丸子頭的嬌小身影也不管會不會弄髒身上衣物，直接就在黑得發亮的光鑑地板上打滾，像名撒潑耍賴的小孩子。

從她的外表來看，的確是一名稚氣的小女孩。金色髮絲像陽光下結穗累累的小麥，鼻尖有一小撮雀斑，白裡透紅的臉蛋讓人見了忍不住想捏一把，感受那柔嫩的觸感。

滾了好幾圈，把可愛的丸子頭都滾得散亂了，春麥才停下動作，手腳大張地躺在地板上，看著黑色的天花板。

「春麥小姐？」小心翼翼的喊聲在房間動靜歇停後才敢冒出來。

春麥一動也不動，依舊躺在地板上。

沒得到房內人的回應，這回換敲門聲響起。

「聽到了、聽到了，這就來了啦！」春麥翻了下白眼，有氣無力地從地上爬起，走出她用來小休一下的休息室。

與南大陸其餘冒險公會分部一樣，華格那分部的辦公大廳也以黑色爲主要色調。雖說顏色深暗，不過多扇大型玻璃窗納入了足夠的明亮光線，牆邊也鑲掛多盞彩繪玻璃小燈，大大降低了暗色帶來的壓迫感。

此時大廳內約莫有數十人在排隊等待，他們都是進來想讓春麥看臉的。

丸子頭小女孩一走出休息室便恢復沉穩，她雙手背後，大搖大擺地走至眾人眼前，坐上特意增高的座位，讓自己不會被大桌子擋住。

她也不囉嗦，直接朝眾人勾勾手指。

等在大廳裡的人們會意，馬上一個個上前，不忘抬頭挺胸，好在春麥面前展現出最完美的一面。

接下來，小女孩的聲音不時響起。

「不行。」

「不行。」

「還行。」

「勉強及格。」

「可以。」

「不行。」

春麥說得口乾舌燥，她拿起水喝了幾口，要那個被她說可以的人過來簽個名、留下聯絡方式，接著揮揮手，要下一個過來。

被否定的人哭喪著臉，無精打采地走出華格那分部；受到肯定的人則是笑逐顏開，歡天喜地走了出去。

就算是被說勉強可以的人也大大地鬆口氣，走出大門的腳步變得輕盈許多。

春麥現在做的工作俗稱「看臉」。

詳細一點的解釋就是，她在看這些人有誰是長得合自己心意的。

春麥喜歡長得好看的人，這點在華格那城不是什麼祕密，市民們或是隸屬華格那的冒險獵人大多都知道她的愛好。

平常她的這個喜好不會帶來什麼影響，可是一旦到了縹碧之塔即將開啓的前夕，就會吸引無數想要進塔尋寶的人前來。

縹碧之塔並不是任何人都可以進入的。

它的入口雖然沒有大門阻擋，然而有些人無論如何就是無法踏進一步，似乎有股無形障壁在拒絕他們。

這些年來，不少學者在研究縹碧之塔的進塔條件，他們儘可能地收集數據，終於掌握了個大概。

在那些曾順利入塔的人們當中，魔法師佔了大多數，年齡則是落在青壯年且男女不限，健康和長相端正顯然是必備的。

後來有人偶然地發現到，在第三次開塔的時候，之前曾經受華格那某位負責人讚美過，並成爲她畫中模特兒的人，全都成功進入了塔內。

某位負責人就是春麥・羅西。

消息一傳開，馬上吸引無數想在第四次開塔時前去尋寶的人來到華格那分部，希望能從春麥口中聽見讚賞。

過於頻繁的拜訪讓春麥不勝其擾，同時也干擾到華格那分部的工作。

最後春麥下了通牒，只在開塔前三天幫忙看臉，不額外收錢，符合她審美的人必須成爲她的繪圖模特兒。如果工作量太大她就收手不幹，誰也別想強迫她。

不是沒人想劍走偏鋒，試圖偷跑、半夜闖入華格那分部，或乾脆把春麥綁架出來，但華格那的三名負責人可不是吃素的——沒有一定的武力值是坐不上這個位子的——尤其春麥只是體型嬌小，容貌如同稚氣孩童，並不是眞正的小孩子。

而且分部本身設有防護機制，不是人人都能隨意入內。

於是那些心懷不軌的人一律嘗到了苦頭，在心裡留下深深的陰影。他們短時間內連聽到「華格那分部」幾字，都會反射性感到害怕。

當然也有人私下嘀咕「只不過是看個臉，有什麼好疲累的」之類的話。

春麥對此則很有話要說：看臉看多也是會眼睛疲勞的，而且又不是每張臉都長得完全合她心意。

她願意看是別人賺到，畢竟這又不是分部負責人的義務。

長長的隊伍逐漸縮短，沒一會就僅剩寥寥幾人。

其中能讓春麥看中、先預約下來當模特兒的，卻沒幾個。

春麥粗略掃過最後一人，就朝他揮揮手，「不行。」

年輕人大受打擊，垮著肩膀，步伐沉重地轉身，沒想到在他即將走出的前一刻，春麥忽地出聲。

「等一下。」

還沒等那人又驚又喜地轉頭，以為春麥突然注意到他的英俊，就聽見她說：

「去幫我把烏蕨叫進來，就外面舉牌的那隻大熊。順便跟其他人說，先別進來。」

說完也不管那人有沒有大失所望，春麥揉揉自己的腮幫子，跳下椅子，像隻小倉鼠般跑進了廚房，再出來時已捧著滿滿的零食。

眞名是「烏蕨‧麥爾西」的玩偶熊已經回到大廳。

春麥把零食放到桌上，像枚炮彈般撲向了烏蕨，把臉蛋埋進那觸感極佳的玩偶熊懷抱中。

「累死啦……都沒我眞正喜歡的，要找個合我心意的美人怎麼……那麼難啊！」春麥抱怨連連，「去跟外面的人說，我不看了。我要休息，我要畫畫，誰都不能打擾我的畫畫時間！」

「看完最後一組，妳再休息。」烏蕨以大大的熊掌輕拍春麥的腦袋，很小心地沒弄亂她的髮型。

「不要、不要、不要，我就是不想看了！」春麥使勁搖著頭，「誰來都不行！」

「他們有灰罌粟的介紹信。」烏蕨說。

春麥停下搖頭的動作，猛地仰高小臉，「灰罌粟？那個只愛骷髏和紅茶的女人竟然會給別人寫介紹信？眞的假的，沒騙我？」

「騙妳的話，桑回就會從羊變成熊。」烏蕨毫不客氣地以同事來發誓。

「那我還眞希望你騙我呢，大熊比金綿羊可愛多了。」春麥鬆開手，「看在灰罌粟的面子上，讓他們進來吧，其他想看臉的記得趕走。」

春麥與灰罌粟的感情不能算好，也稱不上壞，但兩人間的往來倒是相當頻繁。春麥也不願意，可誰讓黑薔薇和白薔薇只聽灰罌粟的話呢？

黑薔薇他們的長相每一處都戳中了春麥的喜好，從頭到腳沒有哪裡不合她的審美。自從見過他們後，她無時無刻都在想著要將人拉過來當她的模特兒。

可惜這兩位塔爾負責人都表明，除非灰罌粟答應，否則他們不會移步到華格那。

「不知道讓灰罌粟特地寫介紹信的人，是怎樣的傢伙啊？」春麥回到位子上吃著零食，雙腳在桌下踢踢晃晃，「嘖嘖，說不定長得跟骷髏差不多呢。」

她摀嘴偷笑，覺得自己這個想法肯定是正確的，亡靈法師不就最喜歡骷髏嗎？玩偶熊半晌後回來了，這一次他身後多了兩個人。

春麥不以爲意地掃了一眼，直到她看清客人的面孔。她張著嘴，手上的餅乾「啪」的一聲掉到地板上。

第4章

翡翠再一次體認到，有特權眞的非常……

嗯，爽。

特別是當廣場上的人們正因爲玩偶熊的宣布而垂頭喪氣、怨聲載道，自己卻能在玩偶熊的邀請下，大剌剌地越過那些人進入華格那分部。

頂著無數嫉妒目光，翡翠和斯利斐爾一同進入黝黑壯麗的建築物。

華格那分部的內部構造與塔爾分部沒有太大差別，不過在風格上倒是有明顯差異。

如果說塔爾分部總是被骨頭和白色佔據，那麼華格那就是處處充滿繽紛巧妙的裝飾，還能見到大大小小的畫框與玻璃小燈吊掛在黑壁上，讓人一進入就能感受到濃濃的藝術氣氛。

翡翠打量室內一圈，就被分部裡的另一人吸引注意力。

金髮小女孩的嘴巴張得大大的，雙眼發直地盯著他不放。

「小孩子？」翡翠忍不住暗暗吃了一驚，他小聲與斯利斐爾咬著耳朵，「冒險公會可以僱用童工嗎？」

「您的視力明顯不好，那是矮人族，她的真實年紀恐怕比您還大。」斯利斐爾說。

「那是春麥。」烏蕨替兩位客人介紹，「和我一樣都是華格那的負責人。」

被點到名的春麥瞬間回過神來。

「你你你！」她連地上的餅乾都無暇撿起來，當下就以最快速度衝到翡翠面前，激動地繞著他打轉，「你長得太好看了！要不要當我的模特兒？拜託你當我的專屬模特兒吧，我可以開高價的酬勞給你！」

「冷靜一點，麥子。」烏蕨輕而易舉地把小個子同事一把抱起，讓她坐在自己的手臂上，就像大人托抱著小孩子一般。

「別叫我麥子，好像我可以吃一樣。」春麥不悅地抗議。

「啊，聽起來的確很好吃……」翡翠的視線留連在春麥的頭髮上，髮絲的顏色讓他想到太陽底下的麥穗。

「請您務必記得您的正事。」翡翠腦中的妄想還沒來得及散發出去，就被斯利斐爾

強制打斷。

翡翠驟然回神。他的世界任務……縹碧之塔！

「不好意思，我是來自塔爾的翡翠。這位是我的同伴，斯利斐爾。」翡翠自我介紹著。

「翡翠、翡翠……」春麥覺得這名字很熟悉，她上上下下地將翡翠端詳一番，隨後靈光一閃，「啊，我想起來了！你就是桑回提過的翡翠！」

桑回？翡翠沒想到會在這聽見熟人的名字。

自從在黑沼林分別後，他們就再沒見過那名身體病弱、時不時咳嗽，有時還會咳出血的男人。

期間倒是收過由思賓瑟代爲轉交的新書，收錄了《痴情美參愛上我》和《吃與不吃之間的絕美愛情》這兩篇故事，據說下篇是叫《甜蜜薔薇帶球跑》。

那時翡翠才知道，原來桑回不只是專門狩獵殺手的殺手，還是個暢銷愛情小說家，更是華格那分部的……

翡翠猛然想起來了。

桑回不單是殺手、小說家，還是華格那分部的負責人。

翡翠稍微反省三秒鐘。但這也不能怪他，他每次想到桑回都只會想到對方的好，哪還會去注意對方的身分。

現在一提起對方，他又忍不住重新陷入對桑回的想念。

啊啊，金色大綿羊哪時候才能吃上一口呢？那結實有力的前肢和後腿眞令人念念不忘，好想摸個一把，感受一下肌肉的美妙。

不過羊腿的肉一弄不好會吃出明顯的纖維感，咬起來得花上一點力氣。如果想要再軟爛一點的，羊頸肉倒是很不錯的選擇。

這個部位能用來做成絞肉，而羊絞肉拿來做牧羊人派最適合了……

翡翠舔舔嘴唇，好似能品嚐到那油而不膩、肉汁滿溢的濃厚滋味。

他肯定在重生前有吃過這道菜，否則腦海裡不會立刻跳出美食的模樣。

翡翠的腦內妄想已來到牧羊人派出爐了，只差一副刀叉，就能讓他大快朵頤一番。

「翡翠？翡翠？」春麥發覺綠髮妖精走神了，伸手在他眼前揮一揮，「你想到什麼了嗎？」

「我在想牧羊人……」翡翠及時把「派」字呑回去，露出微笑，「沒什麼，我在想桑回在嗎？我們挺久沒見了。」

「他不在，不知道跑到哪裡去了。」春麥說，「他一年裡起碼有好幾個月都會在外面到處亂跑。」

「他說他去取材了，順便抓幾個殺手。」烏蕨補充。

「別站在這裡了，既然是桑回的朋友，那就是我們華格那重要的客人。」春麥露齒一笑，揮著小手，指揮身下的烏蕨轉換陣地，「我們到舒服的地方去講話吧。等下次桑回回來的時候，我會幫你轉達你對他的想念之情的。」

此時人在遠方的桑回打了一個大大的噴嚏，後背無來由地爬上一股寒意，他把大衣攏得更緊，莫名覺得有人在覬覦他的肉體。

春麥口中的舒服地方，是她的畫室兼玩偶房。

各式各樣的玩偶熊散落在地板上，有大有小，大的甚至高至天花板，佔據房內顯目的一角，讓人無法忽視。

就連烏蕨這個高個子在大玩偶熊的對比下，頓時都纖細苗條了不少。

牆邊立著多副畫架，上頭的畫紙大多是未完成的作品，只有簡單的粗糙線條，讓人看不出作品的主人究竟想畫什麼。

翡翠研究不出來，而且他發現他也看不太懂那些掛在牆上的畫作。以他的眼光來看，那些看起來很像是……長了手腳的，蔬菜水果。

「你喜歡嗎？喜歡的話送你一張。」春麥見翡翠的目光逗留在牆上，大方說道：「那些都是我畫的。」

「謝謝妳，不過不用了。」翡翠對不能吃的東西不感興趣。

「坐啊。」春麥從烏蕨的臂彎中跳下來，一屁股坐上一張墊子，「翡翠你是來看臉的嗎？你也打算進縹碧之塔嗎？」

「對，我們是打算進去。但爲什麼進塔還必須……」翡翠想解開疑惑。

「因爲那個塔挑人啊，也不知道那位大魔法師在想什麼。」春麥轉頭戳戳後方的烏蕨，「大魔法師也是你們妖精族的，你猜得出他在想什麼嗎？」

烏蕨就坐在牆角，和畫室裡的其他玩偶熊毫無違和感地相融在一起，似乎也成爲了春麥的收藏品之一。

「我和他是不同支的妖精族。」烏蕨說，「事實上，沒人知道伊利葉是屬於妖精族的哪一個分支。」

「但在記錄裡，他的確是尖耳朵，這是妖精的特徵。加上他異常的親元素力，大家都說他是妖精法師。其實這兩種特徵某一族也有呢，怎麼就沒人說他是精靈法師？」春麥搖頭晃腦。

「精靈是只有在傳說故事裡才會出現的神之眷族，至今已被認定是不存在於大陸上的幻想種，伊利葉是精靈的推論自然也不成立。」烏蕨實事求是地說。

就坐在兩人面前的精靈王不說話，繼續假裝自己只是一名普通妖精。

「我知道有些魔法師會想讓自己的魔法在死後有個傳承，讓有緣人獲得自己留下的魔法書之類的東西。」春麥把話題繞回來，「不過像伊利葉還特地設置了篩選條件是比較特別的，他應該是生前在縹碧之塔外下了某種法術，不合格的人就無法進入。」

「合格的條件……就是臉嗎？」翡翠下意識摸摸自己的臉。

「別擔心，你絕對可以的，我保證。你從頭髮到腳趾都很合我意呢。」春麥挺起小胸脯，用力地拍了拍，「這兩百年來，有人歸納出大概的標準，就是要長得好、年紀輕、身體健康，最好還是有魔法師資質的。」

「扣掉最後一點，前面聽起來跟選美差不多啊。」翡翠說。

「然後不知道怎麼被人注意到的，上一輪的開塔日，有好多個當過我模特兒的人都成功進去了。」春麥一攤手，無奈地嘆口氣，「搞得這次開塔前，有一大堆人跑過來要我幫忙看他們長得怎樣，累都累死了。」

「大部分都不怎樣。」給人沉穩感覺的烏蕨偶爾也會冒出一、兩句刻薄話，「歪瓜劣棗的。」

「我覺得剛在外面排隊的都長得挺好看。」翡翠提出誠實的看法。

「沒您好看。和您相比，差太遠了。」斯利斐爾出聲，「但他們的內在很可能完勝您……不，在下不應該用『可能』兩字，在下應該篤定地使用……」

「謝謝你，請閉嘴。」翡翠才不想聽他說完，乾脆俐落地打斷，「也就是說春麥小姐的審美其實和那位伊利葉很合吧，不然……」

翡翠嚥下了聲音，後知後覺地意會到一件事。

縹碧之塔五十年才開一次，他們將迎來的是第四度的開啟，那第三次不就是五十年前？

眞的假的，眼前像可愛小女生的春麥小姐居然眞的比自己大？

這該不會就是傳說中的……合法蘿莉？

「好啦，你們想進縹碧之塔，就得把握時間多收集一些資料。」春麥拍拍膝蓋，站了起來，「等等讓烏蕨帶你們到書庫去吧，縹碧之塔的相關記錄我記得有收在裡面。我特別通融一下，可以讓你們外借，只要翡翠……」

「我？我怎樣？」翡翠疑惑地比著自己。

「回來後要當我的模特兒。」春麥站在畫架前，提到自己的愛好就掩不住眉飛色舞的神采，黑色的眼珠子也亮晶晶的，像被溪水沖得發亮的黑石頭，「我只畫人物畫，但想要我畫，除非是碰到合我審美的對象，否則就算求我畫，我也不會動筆的。」

「打岔一下。」翡翠舉起手，「春麥小姐妳……只畫人物？」

「喊春麥就可以了。對啊，我不畫人以外的東西。」

「那，牆上的這些……」

「就是我替我的模特兒畫的肖像畫呀，有什麼不對嗎？」

翡翠張張嘴巴又閉上。

意思是，他未來也會被畫成一顆長出四肢的蔬菜或水果，然後被掛在這上面嗎？

送走了翡翠二人，烏蕨回到春麥的畫室。

他還是一身玩偶熊的打扮，就算在華格那分部裡，似乎也沒打算要把頭套摘下來。即使畫室的門是敞開的，他依舊先敲了敲門，等春麥注意到他。

「他們走了？」春麥放下畫筆，臉上有不自覺沾到的顏料，「你過來幫我看一下，我這次的新作如何？差手腳還沒畫完，其他部分倒是差不多了。」

烏蕨站在春麥身後，看著畫布上的那一顆藍蘋果。

蘋果又大又圓，閃耀著光澤，扣掉顏色像中毒一樣，整體來說是顆非常不錯的飽滿蘋果。

「妳發揮了妳應有的水準。」烏蕨說。

「嗯嗯，我也覺得這次畫得不錯，等桑回一回來我就要給他看。」春麥得意洋洋地昂起下巴，「他一定會很開心我把他畫得那麼帥，下次我也替你畫一張吧。」

「妳幫我畫成玩偶熊就可以了。」烏蕨不想成爲那些詭異的蔬果大軍一員。

「玩偶熊啊……」春麥苦惱地托著下巴，「我盡量試試吧，我還沒畫過熊呢，不過那也是看在烏蕨你在我心裡地位不一樣的份上。啊，差點忘了，你有跟他們提醒進塔後要注意自身安危的事嗎？尤其是翡翠。」

「有，同是妖精族，我不會忘記提醒。」一談及這事，烏蕨的聲調比平時更低沉。

春麥暫時也沒了畫畫的興致，她把畫筆一擱，苦惱地皺起一張小臉蛋。

那是近年來，在法法依特南大陸上出現的犯罪行爲，被廣稱爲「狩獵妖精事件」。

簡單來說，就是有一群不肖魔法師專門將妖精視爲目標，趁妖精落單時攻擊並綁架，最主要的目的就是爲了——

挖出妖精的心臟。

那些魔法師們堅信妖精既然擁有極佳的親元素能力，比起其他種族更能輕易使用魔法，那麼只要吃掉代表他們生命核心的心臟，就一定可以增幅自己體內的魔力值，提升自身的力量。

這個想法實在太聳人聽聞了，一般人根本不會走上這種極端的道路。因此一開始即使傳出了有妖精失蹤的消息，也沒人會往這方面想。

直到有倖存的妖精從那些人手下成功出逃，才揭發這個可怕的眞相，大眾這才知道南大陸上居然存在著這麼一個非法的犯罪組織。

組織成員有男有女，身分不明，只知道清一色都是魔法師，人數大約十幾人，人們稱他們爲「噬心者」。

噬心者還認定了木妖精的心臟效果最佳，提升的魔力數值遠勝其他妖精族。

這導致那段時間以綠髮爲主要辨認特徵的木妖精幾乎人人自危，華格那城更直接提升警戒層級，至今未曾鬆懈。

這種邪惡又令人髮指的行爲自然不被容許，更違背了眞神的教誨。於是羅謝教團決定派出他們底下最鋒利的刀——神厄，來追緝那些犯罪分子。

教團公告一出，噬心者的行動頓時轉爲低調，行蹤變得更隱密，妖精失蹤的消息跟著大幅減少，只剩下零星幾件。

他們彷彿想要抹去自己在世人面前的痕跡。

但春麥和烏蕨知道，等到明天縹碧之塔開啓後，噬心者很可能又會再次捲土重來。只要是對大魔法師伊利葉遺產有興趣的魔法師們都將匯聚過來，這其中，妖精族絕對不佔少數。

縹碧之塔是個封閉空間，從外根本無從知曉內部發生什麼事。倘若噬心者想趁機對妖精下手，那裡就是一個再適合不過的地點。

「很容易發生密室犯案呢……不曉得神厄會不會派人過來，估計會的吧。」春麥雙手環胸，稚氣的臉蛋卻擺出嚴肅的表情，「說到神厄啊，聽說裡面的成員大部分是一些罪犯呢。」

「教團把那些人當成隨時都能折損的刀。」烏蕨說，「斷了再遞補新的就好。依照教團的想法……」

春麥踢晃一下雙腳，「不要用漂亮話修飾的話，他們的想法估計就是廢物再利用了。不過神厄成員身分埋得很深呢，居然連我們冒險公會都只能摸到一些表面消息。」

「想要深入也可以，不過總部……」

「知道、知道，總部覺得沒必要太過浪費精力在這上面，世界上還有更多有趣的情報等我們去收集。」春麥重新拿起畫筆，打算將畫紙上的藍蘋果加上又短又圓的手腳。

蘸著綠色顏料的畫筆在即將碰觸上白紙的剎那頓住，春麥看向了烏蕨，後者的大熊腦袋則轉向畫室外。

樓下有聲音傳來。

「你沒有掛『休息中』的牌子嗎？」春麥馬上站在椅子上，指著烏蕨的鼻子問。

「我掛了。」烏蕨很肯定，「還挑了妳之前加工過的七色炫彩那個，只要沒瞎都看得到。」

「唔，說不定來的就是瞎子呢。」春麥不猜了，拉著大玩偶熊下樓去看個究竟。

持續不懈的敲門聲在大廳裡迴響，彷彿不等到人開門就不會放棄。

春麥想看看上門的瞎子長怎麼樣，沒想到黑漆漆的大門一打開，站在陽光底下的兩個人眼睛特別晶亮有神。

手還停在半空，正打算再敲一次門的是一名氣質出眾、握著一根裝飾手杖的灰髮男人。

就算身處南方悶熱的夏季，他依然裹著一件厚重的黑色毛呢斗篷，內裡呈現暗紅色。一雙眼睛細長，瞳孔顏色是淺淺的藍色，在日光下宛若剔透的玻璃珠子。他的嘴角天生微勾，讓他看起來無時無刻都像含著笑意，容易讓人心生幾分好感。

男人身後是他的同伴。

與沉穩有禮的男人相比，橘髮藍眼睛的少年則一副吊兒郎當的模樣。

他穿著寬鬆的連帽外套，帽子掛著一對兔耳，兩條長長的兔耳朵分別是白色和黑色，垂掛在他的腦袋邊。他的雙手斜插在口袋內，嘴裡卡啦卡啦地咬著東西，正漫不經心地東張西望，聽見開門聲，才把視線再轉回來，然後對上了門口處的大玩偶熊，以及被大熊托抱在懷裡的小女孩。

他吞下咬碎的冰塊，吹了一聲調笑的口哨，視線上下打量眼前奇妙的搭檔組合。

春麥可不喜歡他的眼神，「沒看到休息中的牌子嗎？」

「眼睛是裝飾品嗎？」烏蕨的話語更犀利。

兔耳外套少年嗤笑一聲，張嘴準備說話，但他的同伴比他快一步出聲。

「抱歉打擾了。」爲了避免少年不經腦子的舉止觸怒華格那的兩位負責人，灰髮男人快狠準地緊摀住對方的嘴巴。

無視掌心後的含糊抗議聲，男人的目光先掃過春麥的兩耳，再落至對方白裡透紅的光滑臉頰。

「可愛的小女士，我能摸摸妳的皮膚嗎？它看起來非常吸引人，年輕、飽含活力與彈性，而且又有如白玉般的細膩……」

春麥臉色還沒變，烏蕨已要甩上門，把變態隔絕在門外。

「抱歉，老毛病又犯了。請等一下，我們確實有正事拜訪。」灰髮男人眼疾手快地伸手阻止對方關門的動作，彬彬有禮地向春麥及烏蕨道出了拜訪的目的。

「我們是神厄的人，可以向你們買點情報嗎？」

☆桑回服飾☆

桑回身為莘格那分部負責人之一，
同時也是知名的愛情小說作家。
充滿文氣的服飾是他的定番！

第5章

神厄是羅謝教團最鋒利的刀，也是隨時可以丟棄的棋子。

爲了掌控好這把雙面刃，教團自然有其手段，其中一項便是束縛用的手環與腳環。外觀看似普通飾品，可其實時時注射慢性毒素至神厄成員體內，必須按時回去報到才能獲得解藥。只要試圖破壞手環腳環，毒素便會在瞬間蔓延全身。

對於在神厄的生活，瑞比倒是不覺得有哪裡須要適應，相反地他還挺如魚得水。只要按照指令完成上頭交代的任務，有錢可以拿、有地方可以住，抓捕目標時還能暴力發洩；如果死掉了，那也是自己技不如人，當然也別奢望有人會幫忙收屍。

他們在教團裡可不受歡迎。

瑞比無所謂，就是覺得有時候上面的人管太多，不允許他們使用過激的手段，必須懂得自制、自我約束、自行管理。

眞受不了，他們可是神厄，又不是那些恨不得苛待自身好成爲聖人的教士。

「真煩啊……」瑞比咂咂舌，黑白色的兔耳朵隨著他的步伐一下一下地晃動著。

「煩什麼？你剛做的事才讓我煩。」走在他旁邊的蓋恩沒抬頭，低頭看著華格那附近的地圖，縹碧之塔的位置被最顯目的紅點標出。

「聽你胡扯，我剛連句話都沒說。」

「你的表情就說了很多，你沒發現華格那的負責人不怎麼想理會我們嗎？」

「沒發現，就算發現了也跟我沒關係啊。我明明全程保持安靜，而且他們賣的情報感覺也沒啥有用的。」

「起碼讓我們知道想入塔該有哪些注意事項。」

「那種東西，去找曾經入塔過的人不就知道了？還可以省一大筆錢。」

「等我們找到，縹碧之塔大概也關了。你還想不想執行任務了？」

「喔，超級不想的。」瑞比很誠實，「但拿人薪水，我意思意思還是會做點事的，尤其前幾回差點就能抓到了，結果還是被噬心者及時逃脫，真煩，他們是能未卜先知不成嗎？啊啊，這時候就羨慕起路那利了……他可真聰明，知道退出組織，用不著做這些鳥事。」

「他能退出是因爲他跟我們不同，他從一開始就不是因爲被判有罪才加入神厄。」蓋恩冷淡地潑了一盆冷水，「怎麼突然提起他，你還有跟他聯絡嗎？他在哪裡？許久不見了，我也相當地想念他。」

「你是想把他關起來當作收藏品吧，兩個興趣扭曲的傢伙。」瑞比雙手交叉在腦後，「眞想看你們哪一天打起來，這麼一想感覺眞令人期待耶。不過路那利比較強，先死掉的應該會是你吧。」

「只要你告訴我路那利的下落，我就能立刻滿足你的願望喔。」蓋恩誘哄著，「你不想看我們兩個打起來嗎？」

「哈哈哈，我……」瑞比拉長了尾音，「才不要呢，白痴。比起你，我還更喜歡路那利，我幹嘛要把路那利的事洩露給一個不喜歡的人呢？」

「眞過分，我只是喜歡美麗又純粹的事物。路那利很美麗，他的偏執也很純粹，唯一讓人感到可惜的是他不是妖精。」蓋恩面露遺憾，「在我看來，說起美麗又純粹，妖精就是最貼切的代表了。要是他是妖精族，就能成爲我心中完美無缺的收藏品了。我會給他最漂亮的籠子和鎖鍊，項圈也會準備好的。」

瑞比翻了一下白眼，這番話可眞是讓人似曾相識，路那利也說過類似的話。眞受不了，收藏家都是這種變態嗎？

瑞比暗暗感嘆自己做人太好、太重視友情了，不然還眞的想讓這兩個變態收藏家碰上面打一場。最好打個你死我活，然後他可以順便叫神厄的其他傢伙來觀戰。

不過說到妖精……瑞比忽地想起自己最後一次見到路那利的事。

水之魔女的胸口被開了一個洞，奄奄一息地躺在血泊裡。

那還是瑞比第一次看到路那利那麼狼狽，而始作俑者聽說就是一名妖精。

「路那利那傢伙啊，現在……啊。」瑞比及時打住話，他差點就把路那利正痴迷著一名神祕妖精的事給說溜嘴。

「路那利怎麼了？」蓋恩收起地圖，饒富興趣地盯著瑞比。

「什麼也沒有。」瑞比東看看西看看，一溜煙跑去路邊商店買了杯冷飲，沒忘記要老闆替他多加點冰塊，越多越好。

商店的老闆是名漂亮的女性妖精，對於這種能省成本的行爲自然不會拒絕，還特別幫他把冰塊加到幾乎滿出來。

瑞比心滿意足地捧著果汁量只佔三成，其他七成全是冰塊的飲料轉過身，差點撞上離他極近的蓋恩。

「你靠那麼近幹嘛？」瑞比瞪他一眼。

「是你自己粗心大意，沒留意身後。」蓋恩連眼神都不分給他，「我在欣賞美麗的妖精。你不覺得她的膚色很美嗎，像泛著光澤的巧克力，讓人食指大動。」

「你不會想舔一口吧？真夠變態的。」

「不，我喜歡用指尖仔細感受妖精皮膚的觸感，摸上千百回也不厭倦，也許我該向她提出邀約，一起度過一個美妙的夜晚。」蓋恩想到就行動。

瑞比捧著飲料站到一邊去，懶得理會蓋恩的搭訕行動，反正有很大機率會失敗。

妖精的聽力比一般人好，他敢打賭他們剛才的交談起碼已被對方聽了八、九成，那名女妖精恐怕早在內心替蓋恩貼上了「變態」的標籤。

尤其噬心者至今仍不斷犯下案子，說不定女妖精還會懷疑蓋恩就是噬心者的同謀。

要抓噬心者的人被誤會是犯人……哈哈哈，怎麼想都太搞笑了！

瑞比被這個想像逗得樂不可支，他咬著冰塊，毫不意外地看見蓋恩踢到了鐵板。老闆娘連笑容都沒奉上，冷淡地把人趕走。

「眞好笑啊。」瑞比很樂意落井下石，「這裡可是妖精之城，噬心者還沒抓到，他們對陌生的可疑人士絕對會更敏感。」

「也許我不該跟她說，她的毛孔近看有點大。」蓋恩拉拉斗篷，「眞讓人失望，我本來以爲那是塊完美的巧克力。」

「管他蛋糕還巧克力，先找我們今晚的落腳處行嗎，我不想露宿街頭。而且還得凌晨就去縹碧之塔那蹲點，噬心者肯定不會放過這次機會的。我也不想放過這次機會，就不信逮不住一個，我要好好洩恨一番。」瑞比仰高頭，一口氣把好幾顆冰塊倒進大張的嘴巴裡。

他的腮幫子鼓鼓的，搭配他帽子上的兔耳朵，看起來就像一隻大兔子在吃東西。

瑞比等了半天遲遲沒等到蓋恩的回應，他把嘴裡最後一顆冰塊咬碎，不耐煩地扭過頭，卻看到蓋恩正雙目發直地緊盯著某個方向，對他的喊叫充耳不聞。

搞什麼？瑞比不解地順著蓋恩的注視方向望過去，這一看，他差點被冰塊嗆到。

「咳、咳咳！」瑞比趕忙拍拍胸口，藍眼睛瞠大，震驚地看著對面街上的一道纖瘦人影。

那是一名綠色頭髮、紫色眼眸的妖精，眼下有三顆令人想到淚滴的寶石，單手抱著大大的紙袋，另一手則拿著仍冒著熱氣的長麵包。

即使知道妖精本就是以貌美聞名的種族，但那人的相貌更爲出眾，好比是極致盛綻的花朵。

瑞比會呆住卻不是因爲那名妖精美得驚人，而是對方的特徵，對方眼珠的顏色和頭髮顏色。

路那利迷戀般的口吻似乎還在瑞比耳邊迴響。

「她有著像春天嫩葉的綠頭髮，如同紫水晶剔透的眸子，眼下還有像淚水一樣的小小寶石……不管哪一部分都完美無瑕。」

綠頭髮，沒錯。

像紫水晶的眸子，沒錯。

像淚水的小小寶石，也沒錯。

瑞比連忙閉上嘴，免得忍不住失聲大叫。

在路那利胸口捅了一個洞，還讓他念念不忘的妖精……現在就在對面吃著麵包啊！

瑞比總算明白自己那個脾氣糟糕透頂的前同事爲什麼會看中人家，那張臉眞的是非常好看，比他至今見過的女人都還要……

瑞比思緒忽地一頓，目光在綠髮妖精穿的衣服上停住。

那套是男裝吧？所以路那利看中的其實是個男妖精!?

這個猜測不到一秒就被他自己推翻，他可沒忘記路那利的厭男症，在對方眼中，所有男人都是骯髒的垃圾。

喔，除了路那利自己以外。

既然路那利討厭男人，就不可能看上男妖精。瑞比頓時得出答案——那是名女扮男裝的妖精少女。

蓋恩沒留意到瑞比表情的各種變化，他的所有注意力都放在綠髮妖精身上。如果說之前他覺得路那利最符合他珍貴收藏品的標準，那麼他現在知道自己錯了。

沒人比得過那名綠髮紫眸的妖精。

瑞比躍躍欲試，馬上想扔下蓋恩跑去找路那利的心上妖精搭訕，可隨即瞥視到蓋恩眼中浮現的炙熱。

他在心中嘖了一聲，想起身邊男人對妖精也有著詭異的執著。看在和路那利之間薄薄友情的份上，他得想辦法別讓蓋恩對那名妖精出手。

蓋恩自然不會知道瑞比心中所想，他不假思索地邁開步伐，渴望早一點和那名美麗的妖精有所接觸。

瑞比反射性拉住蓋恩的斗篷，「喂喂，你想幹嘛？那可是男的，你不是應該喜歡女妖精嗎？」

「說過多少次了，別碰我的斗篷！」蓋恩臉色陡然一沉，手杖毫不留情往瑞比手腕抽去，「再不鬆開，你的手也別想要了。」

「不過是一件斗篷，有必要當寶貝一樣看待嗎？」瑞比嘴上嘲諷，但雙手飛快舉高，和蓋恩拉開距離。他心底清楚，以蓋恩的脾氣是絕對做得出來的，要是再晚上幾秒，他的手掌估計要和手腕分離了。

「像你這樣粗魯的人太多，我當然得好好地保護它、愛護它。」瑞比的手一拿開，蓋恩的神情也恢復如昔，微翹的嘴角重新染上笑意，「還有，美麗是不侷限於性別的，路那利難道就是女的嗎？他的皮膚眞白眞美，像是上等的白玉，不知道摸起來是偏涼還是溫暖的呢？」

瑞比不知道，也沒興趣知道，但他看得出來蓋恩非常想要知道，甚至打算上前向那位妖精發出夜晚的邀請。

瑞比彈了下舌頭，就在他打算暗中對蓋恩做手腳的時候，對面的綠髮妖精和他的同伴先一步離開了。

瑞比與蓋恩沒有立刻跟上去，因爲他們聽到那名妖精提到了一個字眼。

縹碧之塔。

✣✣✣

縹碧之塔的現世，在南大陸是極受矚目的大事。

所有追求魔法傳承或是寶物的尋寶者，在接收到留聲鳥傳遞出去的消息後，都會竭盡所能地趕在開塔前的三天內抵達目的地。

縹碧之塔的位置兩百年來不曾改變，每隔五十年便會重新進入人們眼中，然而它確切會在哪天出現，卻得靠留聲鳥傳遞消息。

今天便是縹碧之塔現世的日子，翡翠與斯利斐爾一早就出發，沿路上看見許多和他們懷有同樣目的的人。

「留聲鳥啊……」翡翠裹著斗篷坐在馬車上，研究著從華格那公會拿到的書面資料，「不知道好不好吃呢？」

待在外頭駕駛白金角馬的斯利斐爾對身後的自言自語充耳不聞。

「斯利斐爾，你覺得會好吃嗎？」翡翠放大音量問。

斯利斐爾只願意給翡翠一個無動於衷的冷酷背影。

翡翠也不氣餒，反正山不來就我，我就去就山。他爬出馬車，一屁股坐在斯利斐爾的身邊，正要重複一次自己的問題，一個噴嚏率先跑了出來。

「哈、哈啾！」

旁邊立即遞來一條雪白乾淨的手帕。

「別讓如此粗魯的行爲破壞您自身的美貌。」斯利斐爾絲毫不掩飾眼底的嫌棄，

「手帕毋須還給在下，在下拒收。」

翡翠撇撇嘴，他本來還想擤過鼻涕後再還給斯利斐爾呢。

「所以說，留聲鳥……」

「根據記錄，牠的味道是垃圾。」

翡翠馬上對留聲鳥失去所有關於吃的方面的興趣，「爲什麼會有人想養這種根本不能吃的鳥？實在太讓人難以理解了。」

「最難以讓人理解的不是您的腦子嗎？」斯利斐爾不想讓一路上的話題都只能繞著吃打轉，乾脆主動扔出問題，「您看完華格那分部給您的資料了嗎？沒的話，就麻煩您活用您的手腳，進去裡面。」

「聽起來跟滾進去的意思差不多。」

「在下很高興您展現了一次聰慧。那麼，您可以……」

「不可以。」翡翠打破斯利斐爾的希望，「我看得差不多了。書上說，縹碧之塔的主人伊利葉是個古怪刁鑽，有時還很惡劣的魔法師，他對自己的塔設立了九百九十九個小魔法陣，想要強行闖進塔裡，除非一口氣全部解開小陣，否則就會嘗到苦果。但他太擅長獨創新魔法，所以即使在他死後，至今也尚未有人能夠破解。」

「以大陸上的生物來看，他有顆稱得上聰明的腦袋。」斯利斐爾客觀地給出評論。

「我們在拉瑞蘭那邊碰到的留聲鳥，也是他一手改造培育出來的。把記憶銘刻在那些鳥的體內，一代傳一代，等開塔的時間即將來臨，留聲鳥就會跑出來大聲公告。」翡翠摸著下巴，不是很能理解那位大魔法師的做法，「他爲什麼會想把自己的地盤對外開放，讓不相關的人進來？」

「有些魔法師會願意把死亡沒有帶走的東西，留給後世的人。」斯利斐爾說。

「好歹留些好吃的嘛。」翡翠遺憾萬分地說道：「啊，不行。就算有，那也過期兩百年了……我剛說到哪了？」

「留聲鳥您說完了。」

「喔對，那接下來再說回到塔。」

翡翠抱著背包裡的三顆金蛋，將縹碧之塔的相關資訊當成了床邊故事，逐一說給還沒孵出來的三名小精靈聽。

據說，縹碧之塔內除了留下大量的魔法書、魔法道具和財寶之外，還有一項眞正的魔法師遺產。

那項遺產閃耀無比，被置放在縹碧之塔的最頂端。想要獲得，必須依靠自身實力，從內部成功抵達最上層，並獲得縹碧之塔的認同。

試圖違反規則、借助外力者，則會遭到殘酷的懲罰。

背包裡的金蛋依舊是瑪瑙的反應最明顯，時不時在翡翠懷裡一拱一拱的。假如不是背包的袋蓋還是掩著的，瑪瑙說不定就直接滾了出來。

「乖一點。」翡翠隔著背包摸摸最上層的小金蛋。

依白金角馬的腳程，到達縹碧之塔所在區域不用花上太多時間。等翡翠說得差不多、感覺到口乾舌燥的時候，白金角馬嘶鳴一聲，速度減緩，最後停了下來。

翡翠下意識抬起頭，一座巨大蒼幽的森林映入了他的眼內。

那一棵棵樹木幾乎高聳入天，聚集在一塊，簡直像一座大山橫擋在前方。

翡翠努力地往上看，但那些參天巨木把一切都擋住了，壓根看不見縹碧之塔。

相較於他還站在森林外不動，陸續抵達此地的人則是連看也不看他一眼，埋頭就往林內奔，就怕落後他人一分。

「您還要繼續傻站在這裡嗎？」斯利斐爾有禮地詢問。

「我只是看一下。這些樹長得也太誇張了吧，不過與華格那城牆外的樹好像還是差了一點。」翡翠只在原地逗留一會，隨後便邁開步子。

縹碧之塔的開塔時間只有短短一天，要是在這一天沒有及時入內，入口就會關閉，不再接受其餘人的進入。

而進塔的人只有三天時間，一超過三天，縹碧之塔就會再次消失，裡頭的尋寶者則會一律被驅逐出去。

從烏蕨那拿到的資料上清楚地標明縹碧之塔的位置，不過翡翠覺得就算沒有地圖，跟著大部隊的步伐或是追尋人聲前進，也一樣能順利到達目的地。

在這個大如迷宮的森林裡走了好一會，前方視野豁然開朗，那些此起彼落的人聲同時也沸騰了。

縹碧之塔周邊非常熱鬧，居然還聚集了不少露天攤位。攤販們在這裡直接做起生意，熱情的吆喝聲四處傳來，不論是吃喝或是藥劑、武器等用品，在這裡都買得到。

翡翠還來不及為這裡竟然聚集了不少攤販，宛如一座小市集感到驚訝，就先被正前方的綠影震懾住。

根據記錄資料，縹碧之塔有時會改變外觀，但始終維持著符合名字的色彩。

翡翠本來都做好心理準備，想著自己也許會看見形狀歪曲或造型前衛的建築物，但他想，再怎樣應該也脫離不了「塔」這個概念的範疇吧。

可是……說好的塔呢？

翡翠目瞪口呆地看著那個通體翠綠、表面光滑的龐然大物，甚至控制不住地在內心罵起了髒話。

幹喔！那分明就是一隻綠得發亮的人面獅身像！

第6章

縹碧之塔——

或者稱呼它縹碧人面獅身像。

翡翠感到一陣暈眩，要不是周圍還有一票跟他差不多反應的人，他都要懷疑是不是自己眼花看錯。

都叫縹碧之塔了，好歹也要像座塔吧，居然是尊人面獅身的動物雕塑像什麼樣！

在翡翠看來很不像樣的縹碧之塔表面光滑，綠得像由一大塊碧玉打磨而成，還能清晰地反映出影像。人面的五官看不出男女，兩隻前肢交疊，優雅地置於下巴處。

一看就是入口的大門直接開在胸膛位置，彷彿深怕有人把這錯當成出口，上方還標著粗大的紅字，寫著「由此進」。

想要得到寶物的人爭先恐後地往入口擠，但只有少數人能順利入內，更多人像是撞上一層看不見的障壁，被遠遠地反彈出去。

翡翠必須往後退開好大一段距離，才能仰頭看見人面獅身像的頭頂。那地方飄浮著一顆閃閃發亮的巨大寶石，每一側的切割面都折射出璀璨耀眼的光輝。

位在最頂端、閃耀無比……那便是眾人公認的「眞正的魔法師遺產」。

翡翠抬手遮擋，免得寶石太亮無法直視。心中的小算盤瘋狂撥動，眼中的光芒也越來越熾熱，就好像浮在人面獅身頭頂的不是大寶石，而是隻大羊腿。

斯利斐爾一低頭，正好瞥見翡翠灼熱的眼神，「在下必須再提醒您一次，寶石不能吃。」

「我當然知道那不能吃，我又不傻。」翡翠回睨了一眼，似乎忘記當初在水之魔女的寶石森林裡，把金銀葉子和寶石果實拿來咬的人是誰，「那顆大寶石雖然不能吃，可它能換成很多可以吃的晶幣啊。」

斯利斐爾突然感到一絲欣慰，這位精靈王終於知道該認眞充實自己的胃袋了。

「不過……爲什麼一定要從塔裡登頂？」翡翠瞇眼打量，「那隻人面獅的表面看起來是很滑，要爬上去可能有點難，但有翅膀的種族就沒這問題了吧。或是用魔法……」

「不能用魔法。」忽然有人開口。

翡翠扭過頭，看見一名握著手杖、包裹著厚重黑斗篷的灰髮男人對自己親切一笑，他的身邊還有一名穿著兔耳外套的少年搭檔。

蓋恩只打算提點一句，畢竟待會一大群人在塔裡都將你爭我奪，如果這時候表現得太熱情，只會徒增懷疑。

他是想接近那名美麗的綠髮妖精，而不是一開始就先被當成別有用心的人，讓人心生防備。

「用魔法是找死啊。」瑞比卻毫無顧忌，他朝翡翠咧出笑容。既然是路那利看中的目標，那基於他們薄如紙的那一丁點友情，他也會幫忙多照看對方一下的，免得不小心讓人先死在別人手上，那可就不好了，「也別想利用種族優勢。假如有翅膀，飛上去只會後悔的，不信你們看。」

瑞比隨手指了一個使用風系魔法，想用氣流把自己往高處帶的綠袍魔法師。

淡綠色的氣流平空從那名魔法師身周轉出，形成帶狀，一條條地將他包圍在中央，帶領他迅速往上飄升。

他越飛越高，眼看和綠寶石的距離越來越近，他難掩臉上狂喜，只覺勝利就在眼前，他輕易就能獲得大魔法師的真正遺產。

遺產是他的了！綠袍魔法師迫不及待地伸出手，想要碰觸寶石表面，然而他的雙手還來不及摸上寶石，頓見碧光驟閃。

下一瞬，底下圍觀的人群發出了哄堂大笑。

那名魔法師還浮升在空中，只不過已不能再叫他綠袍魔法師了，因爲此刻的他——全身光溜溜。

從頭到腳，包括他的腦袋，整個人光滑得就像一顆剛剝完殼的水煮蛋。

赤裸且失去毛髮的魔法師一時沒反應過來，緊接著又見到寶石再閃過一次碧光。他驚恐地發現到，寶石上投放出一道虛影，那不管怎麼看……

就是光溜溜的他！

「啊啊啊啊啊啊——」那名可憐的魔法師發出了高分貝的尖叫，他急忙雙手摀住重點部位，腦內早就不記得什麼大魔法師的財寶或遺產了，一心一意只想用最快速度逃離現場。

「眞……喪心病狂。」翡翠只看到高空的一團肉色，眼睛就立刻被斯利斐爾摀住，沒有成功看到放大版本的投影。

不過老實說，他也不想看就是了，感覺看了眼睛眞的要瞎掉。

怪不得書上會說伊利葉是個古怪刁鑽有時還很惡劣的魔法師了，能給自己的塔弄出這些功能，足以看出對方性格有多扭曲。

旁邊也有人傳來議論，「這一定是沒事先做好調查。」

「太蠢了啊，都說違反規定的話會有殘酷的懲罰。」

「幸好我沒一時衝動……感謝那位不知名朋友的犧牲。」

「我聽過違規的人毛髮會全部掉光，是眞的全掉光嗎？剛我看得沒有很仔細……」

「你自己上去一遍就知道了啊。」

「看吧，會丟臉死啊。」瑞比從口袋裡摸出一把小小硬糖，外型剔透似冰塊，他一把丟入嘴裡，享受咬碎的過程。

「可惜……」震撼過後，翡翠露出了遺憾的表情，「剛剛忘了把映畫石拿出來。」

「拿那個要幹嘛？」瑞比發現自己跟不上對方的思路。

「把畫面保留下來啊。」翡翠笑容甜美動人，「這樣以後要是身上沒錢，說不定就能拿對方的全裸圖像去敲詐了。」

瑞比表情一僵，差點被嘴裡的糖噎到。

他怎麼忘了，能捅路那利一個洞，還讓對方念念不忘的人，怎會是普通人物？

翡翠的這番言論被人聽見，並很快散播出去。

不少人觸發到靈感，手裡也隨時抓著映畫石，就等著未來能大發一筆。但更多的是無法進塔因而徹底熄了從外攻塔念頭的人，畢竟誰也不想丟臉的畫面成為把柄，被掌握在別人手裡。

「喂喂，我們一起組個隊怎樣？」瑞比很快又追上往入口前進的翡翠。

翡翠回頭看向瑞比，但視線總會忍不住飄向垂在對方肩上的兩隻長耳朵。他強迫自己移回目光，可沒過一會又控制不住地飄過去。

要是這兩隻耳朵是真的兔耳朵該多好，這個少年如果是獸人族，原形就會是隻肥嫩的大兔子了吧……

不不不，冷靜一些，獸人還是有人類成分的，吃人可不好。

「我們喜歡單獨行動。」翡翠內心天人交戰之際，斯利斐爾代替自己的主人發話，他冷淡地掃了瑞比他們一眼。

「哇喔！」瑞比摸上自己後頸，咧開興奮的笑容，「我脖子居然都起雞皮疙瘩了，那傢伙是什麼來頭？眞想殺殺看……啊，不行不行，不能亂殺。」

「隨便你，別妨礙我與美麗的妖精拉近距離就好。」蓋恩撫摸著自己的斗篷，動作輕柔，眼神溫和得像在對待愛人，「他是我的。」

「你想都別想，那名妖精可是……咦？他們人呢？」瑞比回過神，赫然發現前方兩人已不見蹤影。

剛才並沒有發生有人被反彈出去的騷動，那麼只說明了一件事……

翡翠和斯利斐爾都符合縹碧之塔的條件。

入塔者，必須遵守規定。

想要放棄，找到傳送點即可離開。

想要上樓，通過此層關卡，在這裡收集滿一百隻水母即可。

淡綠色的光字飄浮在半空中，隨後一隻軟白的手伸出拂過，文字登時像水面漣漪般散去，可沒過一會又重新凝聚，依舊顯現在原處。

「那個死去的伊利葉在想什麼，腦子真的沒問題嗎？」大波浪鬈髮、塗著艷紅唇彩的女人收回手，對於所謂的關卡任務相當不以爲然，「要我們抓水母，抓了能幹嘛？」

「能到上面去。」馬里諾慢吞吞地說，黑色長袍包裹住他的全身，讓他整個人像條隱在陰影裡的幽靈。

他們在第一縷陽光落下的時候就趕到了縹碧之塔，可說是第一批成功進塔的人。

雖然他們都是初次進來，不過依靠前人留下的資料，還是能大致掌握情況，知道有哪些須要特別留意。

先不管縹碧之塔的外觀有多讓人匪夷所思——貝娜簡直想嘲笑那位大魔法師的審美觀，會弄出人面獅身像根本就是腦子有問題吧——永遠不要輕易被它的外表迷惑，眼見不一定眞實。

貝娜與馬里諾親自進塔後，立刻對這句話有了深刻認知。

縹碧之塔內部空間大得超乎想像，甚至完全不符合外在所顯示出來的。

貝娜兩人都是魔法師，他們一踏入第一層就明白了，這是大魔法師伊利葉利用無數魔法陣建構出幻境，並且將幻境堆疊再堆疊，所打造的光怪陸離的小世界。

但就算他們猜得出原理，也不代表有辦法輕易突破這些由幻境形成的關卡。他們仍然得遵照塔內的提示，否則就無法前進。

縹碧之塔分為頂、上、中、下四個部分，每一樓層都自成一個奇異的空間，每個樓層的上方都會浮立著這層的規則。

貝娜和馬里諾剛來到中層不久。

下層的關卡看似簡單，卻容易讓人沉溺其中，忘記前進。那裡的幻境會把心中最渴望的東西實體化出來，撩撥著人們內心深處的貪婪。

貝娜他們確實是花費了一番氣力，才終於脫出幻境，成功抵達中層。

但其實在下層的時候，他們特意多拖延了點時間，好藉此觀察有沒有符合自己心意的目標。

中層是一座大得似乎沒有邊際的迷宮，數也數不清的牆面隨處林立，長長的通道被牆壁包夾其中，往四面八方擴展出去。

迷宮裡一點也不幽暗，壁上有燈光照明，地面上還隨時閃動著粼粼波光，夾雜著幽藍色彩晃漾。

籠罩在整座迷宮之上的不是天花板，赫然是一大片的水。偶爾晃動幾下，水面便會出現起伏，有若一塊晶瑩剔透的藍色果凍。

只是這塊果凍太過龐大，要是砸墜下來，底下的尋寶者恐怕都要滅頂了。

水裡還有大量的發光水母悠然漂動，牠們的體型差不多成人頭顱大小，全身散發出螢光，細細長長的觸鬚時不時垂下，帶出幾滴水滴。

這地方乍看之下，宛如是一個顛倒過來的巨型水族箱。

走在迷宮裡，有時碰得到人，有時走了許久卻連一道人影也看不見。

貝娜和馬里諾就像尋寶者中的異類，他們不像其他人一樣奮力抓捕著水中的發光水母。他們在通道走走停停，卻又不像無頭蒼蠅，彷彿有著一個相當明確的目標。

貝娜持握著她的法杖，頂端是一顆小巧的螢紅石頭，微微紅光環繞在周圍，有時黯淡，有時熾亮。

一旦發覺光芒亮度增加，貝娜二人便加快腳步往前。

他們進來縹碧之塔的目的本來就不是爲了大魔法師的遺產，那的確很吸引人，可比起飄渺不定、到頭來不知道會落進誰手中的東西，當然是要選擇他們有把握能抓到手的利益。

——妖精。

華格那城到處能看見漂亮的木妖精，但警備團和華格那分部都盯得緊。尤其城裡的樹木可說是大部分妖精的耳目，貿然動手，最有可能的是他們的爪子先被剁掉。

但在縹碧之塔裡就不一樣了，外頭壓根不會知道裡面發生什麼事。

縹碧之塔的開放自然吸引不少有魔法資質的妖精，貝娜和馬里諾在下層就見到了好幾個。

其中一名淺紫色長髮的女妖精正巧隻身前來，就算遇上同族，也不打算和他們結伴同行，顯然習慣獨來獨往。

貝娜喜歡獨來獨往的妖精，那代表即使對方中途消失也不會有人關心或懷疑，誰也不會想要追查她的下落。

唯一感到惋惜的，大概就只有那名妖精的頭髮是紫色而不是綠色。

木妖精才是最上等的獵物。

爲了避免打草驚蛇，貝娜沒有施展法術，而是偷偷地在那名妖精的衣服上撒了點追蹤用的無色粉末，依靠她法杖上的石頭就能一路追尋到對方的行蹤。

「別忘記我們之前說好了。」貝娜仔細留意著石頭的光芒變化，以免找錯方向，「這次要是抓到獵物，該輪到我了，馬里諾你可不能反悔跟我搶。啊啊，這次的妖精心臟要怎麼處理呢？烤來吃？煎來吃？水煮好像太沒技術性了呢……」

馬里諾沒有回應，他緊皺眉頭，有些疑神疑鬼地看前看後。他總覺得有嗡嗡聲在附近打轉，那聲音聽起來很討厭，就像他最痛恨的……

嗡嗡嗡的細微聲音倏地逼近耳邊，讓人反射性抬起手，「啪」地一打。

馬里諾看著自己空無一物的掌心，惱火地跺腳。

「你發什麼瘋？」聽見動靜的貝娜回頭瞪了同伴一眼。

「不是，我覺得有蚊子。」臉色蒼白，眼下有深黑眼圈的男人一臉焦躁，「貝娜，妳沒聽到嗎？那種嗡嗡聲就像是惡魔的耳語，會不斷、不斷地徘徊在妳的耳邊，直到讓妳精神衰弱，才會得意離去。不，牠根本就是惡魔的化身，要殺了牠！這個世界上的蚊子都不能原諒，無論如何都不能原諒！」

男人忽地激動起來，眼睛瞪大，不停地東張西望，眼裡是密密的血絲，再襯著那難以忽視的黑眼圈，彷彿他已經不曾閉眼好幾天。縱然他原本有張英俊的面孔，但也被此刻猙獰的表情破壞了幾分。

「冷靜點，馬里諾，就算真的有蚊子，那也只是小小的蚊子。」貝娜實在沒耐心去安撫一位失眠人士。

「那是邪惡的蚊子，牠讓我失眠五天了！整整五天，完全沒睡！」馬里諾歇斯底里地拔高嗓音，嚇跑了一名本來要跑來這抓水母的尋寶者。

若不是自己還需要這個同伴協助，貝娜真想用法杖打暈對方算了。她翻了個白眼，不想理會陷入狂躁的馬里諾，卻在抬眼間瞥見一縷像煙霞的淺紫色從前方轉角飄過。

雖然不曉得法杖的石頭爲何沒發出強烈光源，但貝娜無暇在意這件小事，她急忙強硬地拽住馬里諾的手。

「目標出現了，你再發瘋我就用法杖打爛你的腦袋，看那邊，是那妖精的頭髮！」

馬里諾勉強克制住自己對蚊子的怨恨，磨了磨牙，正想隨著貝娜抬步追上，那道嗡嗡聲驀地又出現了。

這回連貝娜也聽見，還看見了。

那分明不是什麼蚊子，而是他們同伴之間用來傳遞訊息的傳音蟲。

「馬里諾，別把傳音蟲打壞了，除非你想被艾德大人教訓一頓。」貝娜強行按捺下想追上獵物的衝動，及時提醒同伴，以免對方真把那隻黑色小蟲當成蚊子一掌拍扁。

馬里諾沒打算用他的雙手，他本來已準備好施展小火球術，讓那隻疑似蚊子的黑蟲難逃掌心。

但「艾德大人」四個字如同一盆冰水，澆得他一個哆嗦，來到嘴邊的咒語瞬間吞了回去，還咬到自己的舌頭。

傳音蟲有兩隻，一隻飛向馬里諾，一隻飛向貝娜。

貝娜攤開手，讓蟲子停在掌心上，拿到耳邊聆聽，隨後她擰起姣好的細眉，似乎沒預料到會接收到這項消息。

「神厄的人也進來塔裡了？教團的走狗們居然追到這地方來，簡直像陰魂不散的蟲子，煩死了。」貝娜厭惡地說，「我們行動時得小心點，別被他們發現……馬里諾，你有聽到我說的嗎？」

「我收到艾德大人傳來的訊息。」馬里諾抬起頭，「目標改變，紫髮妖精先放棄。」

「什麼？爲什麼要放棄？就算神厄追來了又怎樣？我們噬心者可沒怕過他們。」貝娜眼神一冷，眼看屬於她的妖精心臟即將到手，就算艾德的地位高於她，她也不願聽從對方的命令。

「大人說要換目標，他會另外給妳補償，同時也不會讓妳跟我都白跑這一趟的。跟大人說，我們明白了。」馬里諾將傳音蟲放走，讓牠去回報消息。

貝娜發出「嘖」的一聲，看在補償的份上勉強妥協，「要換成什麼目標？」

「塔裡不久前進來一名綠頭髮、髮梢末端是白色、眼睛是紫色的木妖精，看起來是二十出頭的年輕男性，他的同伴則是一名銀髮男人。艾德大人要我們和其他人聯手，無論如何都要把那名叫作『翡翠』的妖精抓住，絕對不准在他身體上留下傷痕，破壞他的皮膚。」

貝娜一聽就明白了，「他是艾德大人新相中的收藏品？眞難得大人又想收藏人皮了啊，他對品質不是挑剔得不行？沒有達到他的標準絕對不收，上一次剝皮都是一年前的事了。」

「大人的事我們不用管，妳也只要記好別去碰到他的收藏品，除非妳的手不想要了。那名綠髮妖精在下層，我們在中層等他自投羅網就行，用魔法時記得小心一點。」

「知道、知道，不能弄傷他的身體。艾德大人剝完皮之後，那名妖精的心臟不知道能不能留給我呢？或者肝肺也可以啊，雖然效果比不上心臟，但多少也能增加我的魔力吧，畢竟那可是木妖精哪。」

馬里諾霍地張大眼，他的黑眼圈和眼中血絲讓表情有幾分滑稽。

貝娜瞧見他的模樣，正想出聲嘲笑，可緊接著她在對方眼裡看見了小小的倒影。

有她……還有另一個人。

誰！貝娜心一凜，完全沒察覺到自己身後有其他人接近，她急忙想轉頭，將法杖對準那不明人士。

下一秒，換她的表情凝固住，她轉不了頭！

貝娜與馬里諾僵立原地，寒意一波波從腳底竄爬上來，讓他們有如置身冰窖。

這並非是他們對自己陷入困境的內心感受，而是他們此刻正處於大半個身體都遭到冰封的狀態。

從貝娜驚覺有人，到她想回頭查看，僅僅一瞬間，泛著淡藍的寒冰已神不知鬼不覺地凍住了他們的雙腳，一路蔓延至腰部、胸部、脖頸……

貝娜甚至不知道偷襲他們的人長怎樣，她難以理解對方是怎麼將冰系魔法用得如此無聲無息。

難不成是用了字符嗎？否則第一時間就能察覺到有人喃唸咒語。

「我聽見你們談到一名綠髮紫眸的妖精，所以我又折回來了。」

貝娜從眼角覷見了一片如夢幻煙霞的淺紫色，伴隨而來的是一道令人想到淙淙水流的清澈嗓音，難分性別。

起初她以爲是自己追蹤的那名女妖精，然而當她看清來人的面容，才發現那是一名瘦高的紫髮男人，頭髮上還用許多銀色小星星作爲裝飾。

雖說男人五官妍麗，但絲毫不顯陰柔，耳朵也與常人無異，一看就知道不是妖精。

「你是什麼人？你想做什麼？」馬里諾嘶啞恫嚇，「你要是再不把我們放開……」

「我聽你們提到了一名綠頭髮、紫色眼睛的妖精。」紫羅蘭眉宇間自帶一股憂鬱，說起話來輕聲細語，讓人忍不住跟著也想放輕說話音量，深怕這名大美人受到驚嚇。

但對貝娜和馬里諾來說，這人全身上下充滿著未知的危險性。

他們雖算不上是頂尖的魔法師，但好歹也是中間程度的。然而這名紫髮男人卻有辦法在他們毫無知覺的情況下，用冰將他們脖子以下全凍住，讓他們連轉頭這個小動作也做不到。

好險貝娜還能暗中朝馬里諾使眼色，要他多說點話，拖延時間，她要趁對方不備，迅速唸完咒語。

「他叫翡翠，這名字眞好聽，他在哪裡？可以告訴我他的位置嗎？我一直在尋找他，但總是慢了幾步。」

「他……他還在下層。」馬里諾瞧見貝娜的暗示，又礙於雙手被制，無法動用字符，只好盡所能地吸引紫羅蘭的注意力，「他可能過不久就會上來中層了，我也只知道他叫翡翠，旁邊還跟著一個銀髮傢伙。那名妖精是我們大人看中的，假如你敢隨意對他出手，你會後悔的！」

最後一個音節就要滑出貝娜舌尖之前，紫羅蘭倏地回過頭，那雙淺色眼睛彷彿還籠著愁緒，憂愁又溫柔，他的手指在貝娜眼前輕輕拂過。

紅髮女法師驚恐地想張大嘴巴、蠕動舌頭，可平空湧出的水堵住了她的嘴，灌入她的喉頭，最後凝成冒著凜凜寒意的冰塊。

紫羅蘭的另一隻手同時對著馬里諾，他的嘴巴也維持著張開的動作，但始終無法閉上，只因裡頭也被注入了滿滿的寒冰。

馬里諾和貝娜眼中流洩震驚。

這個人竟不需咒語也不需字符便能隨心所欲地操縱水。

如果不是魔女，那就只可能是……

海族！

紫羅蘭一彈指，冰塊轉眼將兩人徹底封住，奪走了他們的呼吸。再一彈指，冰雕連同裡面的內容物盡數炸得粉碎，成了滿地碎屑。

「總算能見到恩人了，不過你們想對我的恩人動手，那很不好。」紫羅蘭將腳邊冰塊踢開，讓通道保持通暢，「翡翠先生是我的救命恩人，我還沒償還他的恩情，所以誰也不能阻撓我的報恩。」

紫羅蘭仰頭望向盤踞在上方的幽藍液體，他手指微動，但上面的水沒有給予他一絲反應，仍是靜靜地搖曳出波紋，裡面有著螢光水母悠悠游晃。

他遺憾地嘆口氣，這些水果然是幻境製造出來的。否則它們應該會聽從他的操控，替這座迷宮來個大清洗，將除了他以外的人事物全沖刷得一乾二淨，最好一個也不剩，讓縹碧之塔中層只留下自己迎接翡翠的到來。

可惜這個微小的願望難以達成。

紫羅蘭憂傷地又嘆了一口氣，這地方的水氣終究不夠多，製造不出一波大洪水，希望他的恩人不會太介意這點。

「再等一會，就能見到恩人了。第一次的見面很重要，不能太冒失。」紫羅蘭摸摸自己的臉，又摸摸自己的手，「不知道恩人會喜歡從哪裡開始？他會喜歡我的手嗎？還是我的臉？還是他會喜歡從小腿開始？」

畢竟救命之恩，當然得以身相許才行。

第7章

翡翠突然覺得鼻子發癢，忍不住想打一聲噴嚏。

「照我們那的說法，打噴嚏是有人在想我……是燒烤羊排在想我？還是蒜蒸龍蝦在想我呢？」翡翠邊喘氣邊踏上了最後一階階梯，從縹碧之塔的下層正式進入中層，「天啊，累……想躺下來。」

「您的體力不是差，而是爛了。」斯利斐爾也踏上最後一層階梯，他身後狹長的甬道登時被黑暗吞噬，倘若此時回頭，就會發現再也尋不著通往下方的路徑。

縹碧之塔只能上，不能下。

一旦上不去，就只有自己找到傳送陣出塔，或是被強制趕出塔的命運。

「恕在下提醒，您剛說的都不是人，它們也無法想您。」斯利斐爾勉爲其難地伸出手，撈住了翡翠的身子，不讓他站沒站相地倒向牆壁。

「好吧，是我想它們行吧，超級、超級想的……」翡翠一臉惆悵，「要是在華格那能見到桑回就好了，起碼能一解我相思之愁。」

「那位幻羊族的負責人恐怕寧願逃走也不想見您一面。」

「沒關係，我想就可以了啊。還有我要聲明一件事，我體力才不爛，我只是有點累，然後就懶得好好站了。」翡翠義正辭嚴地說，繼續將重量倚在斯利斐爾手臂上。

斯利斐爾馬上放手。

「喂！」翡翠趕忙自己站好，「好歹看在我剛剛那麼努力的份上，讓我咬一口補充元氣啊。」

「您該做的是確認現在環境。」斯利斐爾視線掃晃，看見懸浮的光字便邁步過去。

「有啊，我就在確認。」翡翠的前方是多條通道入口，它們往前延伸，似乎瞧不見盡頭，一仰頭則能看見佔據天花板位置的厚厚水層。

透明藍的水波裡還能見到大大的光團四處漂，猶如巨型果凍派裡的餡料。再仔細一看，頓時發現那原來是一隻隻發光水母。

翡翠舔舔嘴唇，看見水母，他馬上就想到涼拌菜，剛好很適合這個夏天。美中不足的是他的過敏症，阻止了他享受這道開胃爽口的小菜。

「按照這層關卡的規則，您得要抓一百隻水母才能往上移動。」斯利斐爾說。

「一百隻？那抓到的水母我要放哪裡？隨意丟棄食物好像不太好耶。」翡翠衡量一下他與水層的高度，看樣子他得用力助跑蹦跳，再搭配雙生杖使用，才能順利勾到水中的水母，「不過說實話，這地方的測驗關卡都挺……奇妙的。那位大魔法師究竟是要從哪方面的標準，來判斷誰可以拿走他的遺產？下層那個我還能理解，可以解釋是考驗人的本心之類的。但抓水母是要考驗……靈敏度嗎？」

他在下層碰上的試煉是必須成功擊敗內心的渴望，這導致他必須含淚拿起法杖，用上全力痛毆阻擋在眼前的大牛排、大雞腿，還有大龍蝦堡。

不斷散發出美妙香氣和裊裊熱氣的食物就在他觸手可及之處，他卻不能敞開肚皮享受，只能被迫和它們來一場你死我亡的廝殺。

唯有打敗那數公尺高，還長出手腳拿著武器的大牛排、大雞腿和大龍蝦堡，他才能順利前往中層。

斯利斐爾卻完全不用跟任何東西對抗，他面前什麼也沒有。也不知道是縹碧之塔忽略了他的存在，還是他壓根沒欲望可以實體化。

「說到這點。」斯利斐爾眼神頓如利刃刺向翡翠，語氣也是涼颼颼的，「您提醒了在下，您在下層的時候竟然做了如此愚蠢的事情。您都打敗您的欲望了，爲何還要在龍蝦堡消失之前撲上去啃咬？幸好您只咬到麵包，讓您帶著腦袋難道很難嗎？」

「你說什麼？這裡風聲太大，我什麼也沒聽到。」翡翠隨便選了一條通道走入，將斯利斐爾和他的教訓全扔到後頭。

迷宮裡偶爾會碰到其他尋寶者，他們都忙著抓水母，誰也沒有多餘心力分給別人。

翡翠大略算了算，下層的人還滿多的，中層要碰到人反而比較難，很可能是人數又被淘汰一波。

感覺越來越像終極選美了……不只要長得美，還要德智體群美都出類拔萃才行。

要不是那位大法師早早作古，他都要懷疑對方不是挑有緣人，而是要挑另一半吧。

翡翠多看了幾眼大果凍就打算動手，他可沒忘記只有盡快通關到頂端，才有機會獲得法師遺產。

然後就能完成這一次的世界任務，延長世界存在時間，還可以把那顆大大大寶石拿去換得晶幣！

很多晶幣等於很多能量，更有機會等於額外獎勵！

翡翠手指準備探向插在腰間的迷你法杖，說時遲、那時快，龐大的迷宮裡一陣天搖地動，隔著圍牆都能聽見模糊的驚聲叫喊。

沒人預料到會出現這場異變。

翡翠一時沒站穩，被震得跌坐在地，屁股上的疼痛讓他沒察覺到有東西趁機爬進了他的斗篷底下。

翡翠望著上方劇烈搖晃的水波，那抖晃的幅度更像是晶瑩剔透的藍色大果凍了。

「主人！」斯利斐爾不受地震影響，一個箭步來到翡翠身邊。

兩人周圍場景產生驚人變化。

不過幾個眨眼間，上空的幽藍水域包含水母全部消失殆盡，阻隔視野的牆壁也化爲烏有，呈現在翡翠他們眼中的是另一個截然不同的開闊空間。

假如不是翡翠確定他們沒有違反任何縹壁之塔定下的規則，他眞要以爲他們在瞬間被移轉到了塔外。

應該是天花板的位置，如今是藍得不可思議的廣袤天空，腳下是硬實的雪地。風聲尖銳，像是野獸在嚎叫，風中夾雜著片片雪絮，拍拂到翡翠臉上。

他們赫然處於一片冰天雪地當中。

翡翠揉揉眼，確定眼前見到的一切不是自己眼花。

他摸摸屁股下的雪，是冰的，再摸摸打上臉頰的雪花，也是冰的。他打了一個大噴嚏，終於慢一拍地感覺到寒冷的威力。

「好冷冷冷！」翡翠連忙跳起。再繼續坐在地上，他的屁股都要凍成冰塊了，「我們是在塔裡對吧，這是幻境嗎？是的話也太誇張，完全分不清是真是假，就跟剛剛的大牛排、大雞腿、大龍蝦堡、大烤乳豬、大鬆餅一樣！」

「您多說了兩個不存在的東西。」同樣佇立在風雪中，那些雪花卻主動避開了斯利斐爾，讓他身邊形成一個淨空狀態。

無視斯利斐爾嫌棄的眼神，翡翠不客氣地擠到對方身邊，他可不想再被雪胡亂地拍了一臉。

「本來不是該抓水母嗎，現在還需要抓嗎？」翡翠拉緊斗篷，儘可能地阻擋冷空氣入侵。他慢慢挪動腳步，腳下的雪積得結實，不會發生鞋子陷入雪裡的窘境。

放眼望去，這個被純藍和雪白劃分出的世界之間，還林立著眾多挺拔的樹木。樹高起碼有幾十公尺，葉片呈針狀，顏色是油亮的藍綠色，走近還能聞到一股微微嗆辣的清涼味道，讓翡翠想到了樟腦。

「這是雪松樹。」斯利斐爾說，「不能吃，從最上面到最下面，都不能吃。」

「我又沒要問。」翡翠咕噥。

「您總是會問的。」斯利斐爾冷淡回應。

「是是是，感謝你的回答喔。」翡翠在這片雪地尋找樹木以外的身影，他看見遠處影影綽綽有些黑點在移動，很可能是其他來到中層的人。

鵝毛雪花不停從空中落下，奇妙的是地面積雪不見增加，就好像那些雪一沾落到地，便自動消失不見。

漫天風雪中，翡翠他們看見有兩條影子朝他們的方向走來。

還沒等他看清來人是誰，矮個子那個已先蹦跳得高高，手朝他用力揮晃，兩條長長的兔耳朵一併甩來甩去。

「嗨嗨，又見面了！蓋恩說是你，沒想到是真的耶！」瑞比如同一隻粉色兔子快速竄了過來，他的橘頭髮在雪色中格外亮眼，恍若躍動的火焰。

瑞比不著痕跡地打量翡翠一圈，發現對方外表看沒什麼損傷，起碼手腳都還保留完好。他鬆口氣，決定下次見到路那利，就用翡翠的消息來跟他敲詐一頓。

「對於美麗的妖精，尤其是像你擁有如此耀眼容貌的，我是絕對不會錯認的。」蓋恩的目光有意無意地朝翡翠飄去，淺藍色眼睛還對他眨了眨，眼裡有著迷人笑意。

翡翠冷靜地想，那位的桃花眼感覺像在對他放電，如果對方不是人類模樣還可以吃的話，說不定他就會對他相當來電了。

「既然在中層碰到了，不如先一起組個隊如何？」蓋恩有禮地提出邀請，「美麗的妖精容易被不法分子覬覦，如果你因而受到傷害，那就是令人難過的事了。」

「妖精的心臟，很值錢喔。」瑞比一派純真地說道，「聽說有人就喜歡吃妖精的心臟……」

翡翠露出不失禮貌的微笑，果斷地和瑞比拉開距離，「謝謝你們的好意，不過我的同伴彆扭又難搞還缺愛，他不喜歡我把注意力放到別人身上的。」

被冠上「彆扭難搞缺愛」標籤的斯利斐爾全程冷眼觀看，沒有出聲爲自己辯護，但也不打算在事後放過亂造謠的精靈王。

瑞比和蓋恩交換了一眼，既然對方表明了喜歡獨來獨往，那他們就得化明爲暗地接近了。

一旦有噬心者在現場，就絕對不可能放過翡翠。

綠髮可是木妖精的主要特徵。

而噬心者一向將木妖精視爲最上等的獵物。

在瑞比他們看來，翡翠的存在對噬心者來說無疑是最香甜誘人的餌。只要他們盯著這塊餌，就能等到噬心者自投羅網。

等兩人消失在視野內，翡翠忍不住心生懷疑，「我總覺得……他們對我太關注了，難不成眞被我的美貌吸引了？不可能吧……」

「您身爲精靈王，該對您的外表保持絕對的自信。」

「或許他們其實是被我的人格魅力征服了。」

「這部分請您繼續保持絕對的自卑就好。」

爲了讓身上溫度不要流失太快，翡翠加快了腳步，他與斯利斐爾走到雪松林裡，見到了幾位一臉茫然的尋寶者。

「你們有看到什麼線索嗎？」一名女法師前來搭話。

翡翠搖搖頭。在沒有任何提示、也找不到水母的情況下，他還眞想不出該如何突破中層的關卡。

「總不可能要我們在這野外求生吧。」翡翠看看樹，看看雪，再看看天，「在這種連隻鳥都沒有的地方，我鐵定會餓死的。」

「您還有晶幣。」斯利斐爾否決了翡翠會餓死的可能性。

「你不如說我還有三顆蛋呢。」翡翠剛說完，立刻感受到背包裡傳來一陣陣撞擊，他趕緊摸摸背包裡的金蛋，「我開玩笑的，再怎樣也不會把瑪瑙你們吃掉的。但是說到蛋，忽然好想吃雞蛋、鴨蛋、鵝蛋、鵪鶉蛋……」

還沒等翡翠唸完一串他心中的蛋料理名單，蔚藍的天幕底下忽然冒出大大的光字。

入塔者，必須遵守規定。

想要放棄，找到傳送點即可離開。
想要上樓，通過此層關卡，狩獵十隻麝香鴨即可。

「……等等，那之前的水母呢？我好不容易抓了四十六隻水母，難道就毫無意義嗎？」有個離翡翠比較近的白袍魔法師氣急敗壞地對著天空抗議。

想當然耳，天空不會給予任何回應，那些光字仍然靜靜地在風雪中閃爍。

翡翠連一隻水母都還沒開始抓，自然不會對新的通關條件感到不滿。事實上這對他還挺有利的，起碼他沒額外多花力氣在水母上。

不過這也說明了一件事，縹碧之塔的關卡非常隨心所欲，說換就換。就算之前離通關只有一步之遙，一旦條件一改，所有成果就會被迫清空重來。

假如把縹碧之塔當成一項遊戲，那麼當年創造這一切的伊利葉，大概就是個心情反覆不定、還喜歡帶給人麻煩的開發者了。

只可憐他們這些玩家還沒辦法罵爆營運，只能捏著鼻子，認命地繼續爲遊戲奉上精力。

「想想眞是太慘了……」翡翠發出這麼一句感嘆，「對了，麝香鴨是什麼？聽起來就是很好吃的鴨子。」

「一種鴨子。」斯利斐爾言簡意賅地說，「羽毛白，嘴巴紅，臉部有紅色的疣，從肛門釋放的氣體有古怪的異味。」

「你直說是放屁就好了，放屁有味道不是很正常嗎？」翡翠搓搓雙手，朝冰冷的掌心哈了幾口熱氣，叫住了剛才哀號自己抓到四十六隻水母的魔法師，「大哥，上面說的麝香鴨……你聽過嗎？」

被搭話的魔法師本來不想理會，但翡翠裹著斗篷，鼻尖微紅，無意中流露出幾分楚楚可憐的模樣，令他誤認爲對方是名貌美少女。

「那是一種不常見的魔物，肉食性，外表就像隻大鴨子。」他放緩了口氣，「牠放的屁有毒，能夠讓動物產生輕微麻痺，要是吸入太多，麻痺程度就會越嚴重。奔跑不算快，但可以靠放屁來增加衝刺速度。有些等級高一點的麝香鴨，還有辦法從嘴裡吐出冰球。竟然要抓到十隻才能過關……要不然我們一起聯手怎樣？」

翡翠的拒絕剛來到嘴邊，遠方猛地傳來陣陣尖叫，那些小小黑點四散，有的朝翡翠他們這邊跑來。

黑點後，則是碩大的黑影搖搖晃晃地追上。

翡翠等人一驚，他們只不過一會沒留意，那些巨型黑影是什麼時候冒出來的？

當他們看清黑影的樣貌，除了斯利斐爾以外，翡翠和雪松林內的人不禁都齊齊倒抽了一口氣。

翡翠的內心更是不由自主地冒出了一句話。

忽有龐然大物，拔山倒樹而來。

原來是跟屋子差不多大的一隻紅面大白鴨！

麝香鴨羽毛潔白蓬鬆，在嚴寒的天氣中散發想讓人撲上去取暖的魅力——前提是那隻鴨不要大得超過數公尺，從嘴裡伸出的長長舌頭上還長著密集如鋸齒的兩排牙齒。

那讓牠看起來登時不像隻鴨子，更像隻怪物。

隨著一隻巨大麝香鴨奔過來，雪松林裡忽然發出響亮的劈啪聲，有幾棵高挺的雪松樹皮裂開，再一眨眼，就從樹變成了紅嘴大白鴨。

有個男人正好站在一棵雪松旁邊，這突來的變故讓他反應不及，只能仰著頭，呆呆地看著那隻比自己高出數倍的麝香鴨。

麝香鴨迅雷不及掩耳地低下頭，一口就把那人吞進了嘴巴裡。

這一切發生得太快，幾秒後眾人才猛地反應過來——麝香鴨是肉食性魔物，而在這片天寒地凍中，還有什麼比他們更符合肉的含義呢？

沒人知道還會有多少棵雪松變成麝香鴨，可也沒人想賭一把，再留在林裡只會爲自己帶來危機。

人們立刻分散，紛紛朝著林外奔去。

麝香鴨的奔跑速度雖然不算快，但牠們體型大、邁步大。牠們嘎嘎大叫，盯上了各自的獵物。

有一人才逃出幾步，就被比他還大的橘色鴨掌兜頭罩下，「啪唧」一聲，頓時不見蹤影。

那隻麝香鴨再抬起腳時，雪地裡只有一團翡翠覺得要打上馬賽克才比較不會影響食欲的物體。

翡翠正好站在這隻麝香鴨的屁股後面，蓬翹的羽毛遮擋了他的身影，讓其他麝香鴨一時沒注意到這裡還有隻漏網之魚。

翡翠朝斯利斐爾使了個眼色，表示想先設法安靜離開這座危險系數極高的林子。斯利斐爾張口欲言，翡翠馬上指著額角，要他別說話，直接腦內溝通。

斯利斐爾素來缺乏人氣的淡漠聲音在翡翠腦中響起。

「在下有話想對您說，但在下覺得已經來不及了。」

什麼東西來不及？翡翠一頭霧水，下一秒他就發現，眼前撲來的除了鵝毛大的雪花外，還有一個大大的鴨屁股。

那速度、那角度……翡翠絲毫不懷疑，那個屁股就是衝著他爲目標。

翡翠由衷感謝起自己是個精靈，他在瞬息之間爆發出驚人的跳躍力，成功逃過被鴨屁股壓扁的下場。

他覺得油炸鴨屁股和鴨屁股燉湯都很不錯，但絕對不想要和巨無霸的鴨屁股來個親密接觸。

翡翠二話不說往外逃，「那隻鴨子爲什麼有辦法知道我在哪裡，牠不是背對著我嗎？」

「鴨子的視域是三百六十度。」斯利斐爾跟上翡翠的速度。

「說點我能聽懂的！」

「意思是不用轉頭也能看見牠的屁股後面。」

雪松林中有更多劈啪聲音響起，翡翠不用向後看就能知道是出現了更多的麝香鴨。

這下子倒是不用擔心鴨子數量不夠了，要擔心的是中層的人被過多鴨子圍攻團滅。

翡翠跑出雪松林外，見到各式魔法在這片銀白世界中此起彼落地炸開。

水系、風系、火系……

前兩者的魔法在飄雪中不甚顯眼，後者則是讓人一看就能鎖定位置所在。

赤烈的火焰化成箭矢、化成子彈、化成密集的火球，前仆後繼地落在麝香鴨身上。

然而魔物可不會乖乖地站在原地，等人唸完咒語才展開攻擊。

倘若唸咒不夠快、和魔物距離不夠遠，或是身上沒有字符，那麼就得自求多福了。

一開始有人聯合組隊，也有人單獨行動，可要不了多久，大家就發現到，麝香鴨每一隻都會盯上一個人作爲獵物。

而且這些巨鴨之間就像事先說好一樣，彼此不會爭奪獵物，各自盯各自的。

換句話說，如果有四個人聚在一塊，那麼就會吸引四隻麝香鴨過去。

原本想靠團隊合作打倒麝香鴨的人們一見苗頭不對，剛組起的隊伍立刻果斷解散，結束了短暫的隊友情。

翡翠自然也被一隻麝香鴨盯住，這時候他就有些慶幸斯利斐爾的神奇背景板功能，否則被兩隻鴨圍攻，他可能也要吃不消。

翡翠果斷地往空曠地方跑，身後是麝香鴨奔跑帶來的砰砰震動，每一下都像踩在他的心頭上，讓他的心尖顫呀顫的。

從麝香鴨會吃人的驚愕中回過神來後，翡翠迅速把握住了重點。

鴨子，又肥又大，肯定好吃。

決定了，就來個一鴨三吃吧！

翡翠一個停步轉身，二話不說地抽出插在腰間的迷你雙生杖，然後思緒卡住，目瞪口呆地看著被他高舉至半空的細長物體。

誰來告訴他一下……他的雙生杖爲什麼會變成一隻閃閃發亮的藍色龍蝦!?

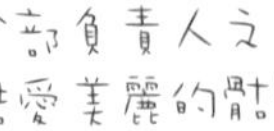

☆灰罌粟配件☆

灰罌粟為塔爾分部負責人之一，
亡靈法師，酷愛美麗的骷髏。
本人也擁有經翡翠認證過，最完美的骨骼！
~~超適合熬大骨湯的那種……~~

第8章

魔物是不會乖乖在原地等待的，就算看見自己的獵物傻愣住不動，也絕不會體貼善良地給對方緩衝過來的時間。

麝香鴨發出「嘎——」的粗啞長音，雙翅拍動，啪啪啪地直衝而來。

翡翠當機立斷，轉身就跑。

「斯利斐爾，爲什麼我的雙生杖會變成龍蝦？」

「您眼睛瞎了嗎？那怎麼看都不像是您的雙生杖。」

翡翠瞄了一眼手上的藍龍蝦，忽然發覺對方的顏色和背上的銀星斑點都似曾相識，彷彿自己曾在哪邊看過……

啊，雙水龍蝦！

翡翠記得自己撿過一隻，不過那隻的體型比這隻大上許多，否則手上這隻也不可能藏在他身上而沒被發現。

既然想不通龍蝦的由來，翡翠也不想了。他將龍蝦往斯利斐爾一扔，飛快再往腰間一摸，這次總算摸到被擠到旁邊去的雙生杖。

木頭法杖轉眼成了兩把碧色長刀。

翡翠準備提刀迎向那隻大白鴨。

麝香鴨卻生生煞住前衝的步伐，蹲在原地，緊接著就聽到綿長的「噗——」一聲。

翡翠還沒意會過來麝香鴨是在幹嘛，前一秒蹲在雪地上的鴨子霎時已逼至他眼前，一股淡黃色的煙氣在牠身後拖成長長一線。

說時遲、那時快，被斯利斐爾無視、連伸出手接住都不願意的藍色龍蝦消失了。

翡翠前方平空出現一道瘦高身影，垂至腳踝的淡紫長髮宛若夢幻的朦朧煙霞。

紫羅蘭抬起手，壓縮空氣中的水氣對他來說就像呼吸一樣簡單。水轉眼凝成了冰，鋒利的冰錐「唰」地射出，當場貫穿麝香鴨的脖頸。

冰錐很快融化，麝香鴨被開洞的喉嚨滲淌出一股股鮮血。那具龐大的雪白軀體漸漸失去了起伏，猶如一個不動的標本。

紫羅蘭掛起微笑，他要用最優雅的姿態面對自己的救命恩人。他都想好第一句話要對翡翠說什麼，然而他一轉身，眼角就捕捉到一抹綠影飛也似地越過他，逕自往麝香鴨身旁竄去。

比起研究那名紫髮男人是從哪裡變出來的，翡翠一心只想弄明白盤旋在麝香鴨周邊的香氣是不是他的錯覺。

刺刺辣辣、香香的，還有一股類似芝麻炒過的氣味……是麻油！

再多吸幾口，是讓人想到中藥材混合在一起的溫醇藥香。

翡翠邊吸著這股香氣，邊看著那隻一動也不動的麝香鴨，鴨子臉上的紅色疣斑忽地觸動他的心房，讓他在剎那間醒悟過來。

麻油香、薑片香、藥材香，再搭配一隻紅面鴨……

這組合起來不就是薑母鴨嗎！

紫羅蘭的微笑變成了愁眉苦臉，他預想中的完美初會化作泡影。而且他的恩人似乎忘了他還站在這，一臉迫切地在空中嗅來嗅去，像是想尋找空氣異味的源頭。

眼看就要趴到麝香鴨的屁股附近——

紫羅蘭瞳孔霍地收縮，「恩人小心！」

一道龐大黑影忽如凶暴旋風，朝著翡翠所在的方向衝掠過來。

快得讓紫羅蘭來不及完成凝水成冰的動作。

翡翠一抬頭，大張的眸子倒映出一張凶悍猙獰的臉，尖喙如長槍疾刺而來。

千鈞一髮之際，一隻手臂從翡翠身後探出，摀上他的口鼻，迅雷不及掩耳地把人一把向後帶。

倘若斯利斐爾的動作再慢上幾秒，翡翠就逃不過被那道旋風踩扁的命運。

旋風的眞面目原來是一隻比麝香鴨還要壯大的黑色巨雞。

如果說麝香鴨的尺寸差不多是間小木屋，那麼牠估計就是間透天別墅了。

牠的尾羽黑得發亮，長至拖地，頭頂和喙部下方有著火焰形狀的漆黑肉冠。兩隻翅膀相對鳥類而言較為短小，但看在翡翠眼中，仍舊大得不可思議。

黑色巨雞伏下頭，將地上的麝香鴨撞飛至空中，旋即仰高脖子，外表看起來尖短的喙部驟然間向兩邊撐大，大得像沒有極限，「嗷」地一下，就把整隻麝香鴨給囫圇吞了進去。

從麝香鴨掉進黑雞嘴中、滑過脖子、到達腹內，只不過是短短的幾秒鐘。

翡翠被眼前景象震懾住，一時忘記把摀著他嘴巴和鼻子的手掌抓下來。

輕易吃掉一隻麝香鴨的巨雞沒多分出目光給翡翠等人，牠轉頭搜尋一番，接著又像一陣旋風跑走了。

「那是烏羽銅骨雞。」斯利斐爾絲毫不差地說出那隻大得驚人的猛禽的名字，「牠還有個別稱，叫作旋風吃鴨雞。」

雖然這別稱很俗，但相當生動地詮釋了烏羽銅骨雞的特色。

速度快若旋風，還特別熱愛吃麝香鴨，以麝香鴨爲主食，可說是麝香鴨的天敵。

「牠吃完正餐後，還喜歡享用點心。」斯利斐爾一板一眼地解說，「凡是細細長長、會動的東西，都會被牠視作蟲子。」

翡翠看著那隻烏羽銅骨雞強行介入了麝香鴨與尋寶者的戰場，嘴一張就把麝香鴨的半截身子吞去，再一仰頭，整隻鴨子「咕溜」地滑入牠的喉嚨裡。

然後烏羽銅骨雞再一扭頭，一口啄掉了站在一邊的尋寶者。

翡翠把斯利斐爾的手抓下來，順便閉上自己剛一直張著的嘴巴。

……好的，他知道現場最符合烏羽銅骨雞點心的是什麼了。

雪地上出現一隻烏羽銅骨雞後，很快又出現第二隻、第三隻……更多隻，讓本就混亂的中層世界登時亂上加亂。

到處都是雞啼鴨叫，間或夾雜著人的喊聲。

翡翠甚至有種錯覺，彷彿他誤入了一座超大的家禽養殖場，只不過一般的家禽……是不可能張口就把人吞掉。

翡翠抹了一把臉，重新提振精神。他得趕緊搶在那些烏羽銅骨雞將麝香鴨吃光前，先抓到十隻。

「規定是要狩獵鴨子，可剛剛那隻好像不是我殺的……」翡翠終於想起這地方還有第三人的存在，目光飛快地轉過去，看見一名紫髮藍眼、帶著淺淺微笑，但氣質有些憂鬱空靈的大美人。

性別男的那種。

那人雖然五官精緻卻絲毫不顯陰柔，不像自己斗篷裏一裹，很容易被誤認性別。一頭滑順得發亮的長髮上還落著幾顆銀色小星星，充滿著夢幻的美感。

充滿夢幻感的大美人下一瞬撲向了翡翠，在後者反應過來之前，不容拒絕地緊緊抱住他的腿。

「我的恩人，翡翠先生，我終於找到你了！」

翡翠低頭看著抱住自己不放的紫羅蘭，又轉向斯利斐爾。

比起好看但腦子明顯有問題的人，好看的未來食材更重要。

「斯利斐爾，我剛扔給你的龍蝦呢？」

斯利斐爾正在爲自己換上嶄新的白手套——翡翠一點也不想知道是因爲摸到麝香鴨還是因爲摸到他。

斯利斐爾神色淡漠地比向紫羅蘭，「在那。」

「哪？這裡不就只有抱著我腳的……」翡翠眼睛驀地睜大，眼底也浮上震驚，「是你!?」

假如不是之前曾目睹過桑回大變活羊、又從羊變成人的畫面，或許他還不能那麼快就反應過來。

「你就是藏在我身上的那隻……眞的假的！」

「是我。」紫羅蘭眼裡發光，迅速用行動證明。

柔和光芒乍閃，紫髮男人身影消失，原地只有一隻翡翠不久前見過的迷你小龍蝦繼續抱著他不放。

接著小龍蝦瞬間變大，比成年人手臂還長的大蝦依舊巴在他腿上。但無論體型怎麼改變，外觀都是一樣——深藍色的甲殼表面布滿棘刺，背部的銀斑如同星光點點，邊緣帶著一圈半透明的光澤。

再一眨眼，雙水龍蝦不見，紫羅蘭重新佇立在翡翠他們視野內，也總算不再抱著翡翠的腿了。

「你該不會……」翡翠的記憶被觸動，「是我們在拉瑞蘭森林那邊撿到的……」

「是我，翡翠先生那時候救了我，我一直想要報答你的恩情。」紫羅蘭專注地凝望翡翠，深邃的藍眼睛看起來憂鬱又含情脈脈，「所以，你願意吃掉我嗎？你喜歡吃生的、烤的，還是清蒸的呢？」

時間在這瞬間似乎靜止了。

翡翠的思緒停滯幾秒鐘，接著他扭過頭，朝斯利斐爾確認，「我幻聽了？」

「您雖然老是不帶腦子，但耳朵還是完好地待在原來的位置。」斯利斐爾說。

「明白，總之我沒幻聽。」翡翠自動過濾前半句嘲諷，他神色嚴正地看著突然說要報恩的紫羅蘭，「這位……」

「翡翠先生請直接稱呼我紫羅蘭即可，或者你也可以採用之前對我的愛稱，蝦蝦。」紫羅蘭往前一步，「若你不喜歡生的烤的和清蒸的，也許你喜歡濃湯或清湯？」

「所以濃湯和清湯的食材是？」翡翠往後退一步。

「我。」紫羅蘭笑容動人。

翡翠第一次被嚇得躲到斯利斐爾身後，「不不不，我不吃人的，拜託別逼我突破最後一道界線！」

「別在意，我不是人類。」紫羅蘭覺得這問題很好解決。

「但你看起來就是個人！」翡翠抵死不從。他是個殺手，但還是有基本道德觀的，否則在黑沼林的時候，他早就想盡辦法對桑回下手了。

那可是一隻肥嫩飽滿的大金羊！

「他的確不是人。」斯利斐爾佐證，「他是海族。」

翡翠獲得的世界知識裡就有海族的存在，那是海之住民的統稱。

圍繞在法法依特大陸四周的海洋總共有四大區域，分別是東海、西海、南海，以及北海。

在這四片海域之中，存在著與人類截然不同的海之住民，分別由四大皇族統治。海族至今仍維持著鮮少與人類來往的傳統，他們靜默地固守著自己的領域，與法法依特大陸上的人類保持著互不干涉的立場。

即使得知紫羅蘭不是人類，但翡翠覺得這對解決問題一點幫助也沒有。

紫羅蘭現在看起來就是個人，而就算對方再變回龍蝦，他也不可能假裝忘記對方有個人形的事實……吧。

「咳，你剛已經幫了我，所以就算是報完恩了吧。」翡翠和紫羅蘭打著商量，「雖然我完全不記得什麼時候曾救過你……」

「不，救命之恩就得以身相許，這是我族流傳至今的族規。」

「我相信你對『以身相許』這句話絕對有嚴重的誤解。」

紫羅蘭的臉上流露一絲難過，「翡翠先生，你真的不喜歡龍蝦生魚片、龍蝦濃湯、炭烤龍蝦，或是其他龍蝦料理嗎？你不是期待有緣和我見面嗎？如今命運讓我們重新相遇了。」

翡翠得承認，紫羅蘭報出的這一串菜色他超愛。但首先他不接受會變成人的龍蝦，起碼暫時不行，而且最重要的是……

「抱歉。」翡翠沉痛地向紫羅蘭說出真相，「我對海鮮過敏，真的不能吃。」

紫羅蘭靜靜地看著翡翠，藍海般的眸子下一剎那湧出了淚水。剔透淚珠淌落臉頰，那傷心欲絕的模樣彷彿自己遇上了一個負心人。

翡翠可沒想到這麼一個大男人會說哭就哭，幸好他是個鐵石心腸的殺手，男人的淚水完全無法讓他心軟，只不過他抬起的腳步在下一秒被紫羅蘭的發言釘住。

「翡翠先生，你真的不肯吃嗎？那麼我只好用粗魯一點的手段逼你吃了。」紫羅蘭雙眼含淚地說。

強迫一個海鮮過敏的人吃海鮮，這是報恩還是報仇？翡翠沒想到紫羅蘭會如此不講道理，瞧見對方腳邊驟然浮現多支冰錐，再回想起先前麝香鴨被洞穿脖子的場景，他立刻喊了一聲。

「先等等！」

蠢蠢欲動的水流果然停止流動。

紫羅蘭蹙起的眉頭有鬆解開的跡象。

「我明白了，報恩的事我們晚點再說。你得先讓我把要事做完，否則你就是故意想妨礙我這個恩人了。」

「我不是，我沒有，翡翠先生你千萬不能誤會我。」

「不想被我誤會的話，就讓我們去完成中層的通關條件，無論如何我們都要到縹碧之塔的……」翡翠話音一斷，陡然朝某個方向望過去，「斯利斐爾，你有聞到嗎？有酒味，好香的酒味……好像我們那裡的米酒加很多中藥材下去調出來的味道……」

斯利斐爾聞到了，他表現得不若翡翠那般吃驚，而是一貫的淡然，「那是烏羽銅骨雞散發出的味道。」

「咦？騙人！牠剛才根本沒有這味道吧！」

「翡翠先生，那是因爲牠吃了麝香鴨，吃越多隻，酒味越濃厚。依我們現在聞到的程度，那邊的烏羽銅骨雞起碼吃了七隻以上。」

翡翠眼睛一亮，他有個好主意了。

「……他們到底想幹嘛？」

縹碧之塔中層，瑞比靈活閃躲過麝香鴨下啄的粉紅尖喙，在雪地上翻滾幾圈再跳起，抓住飄浮在空中的小水晶球又往旁邊空地跑。

水晶球是他的魔導具，專門用來掌握遠距離目標的行動。

而水晶球裡此刻浮現的身影，正是翡翠。

對神厄來說，翡翠可是吸引噬心者主動現身的重要餌食，他們不好接近對方，但也要將對方的動向牢牢抓握在手裡。

瑞比雙眼緊盯著小水晶球裡的影像，裡頭是綠髮妖精和他的銀髮同伴，如今又多了一個新同伴。

還是一名海族。

就是不知道是屬於哪一邊海域的，跑來縹碧之塔，又找上翡翠，目的爲何？

水晶球只能看見鎖定對象，無法傳遞聲音。因此就算幾乎目睹了海族出現的全程，瑞比也仍是不明白那幾人之間究竟是發生了什麼事。

更讓他無法理解的，是翡翠他們接下來的行爲。

明明通關條件是獵殺十隻麝香鴨，爲什麼他們會跑去找烏羽銅骨雞展開攻擊？

難不成是想先殺了麝香鴨的天敵，好確保麝香鴨數量不會一再減少嗎？

但與其多花精力，幹嘛不一開始就鎖定麝香鴨？只要搶在那些烏羽銅骨雞之前不就好了？

瑞比越想越糊塗，好奇心讓他遲遲難以從水晶球上挪開視線。而即使在這樣的情況下，他的身體依舊能本能做出各種閃躲反應，從容躲開來自麝香鴨的攻擊。

「瑞比．瑞比特，專心一點。」蓋恩分了一記目光過來，冷聲警告著。

「別喊我的全名，不然等等我不小心把子彈打到你身上喔。」瑞比總算不再盯著水晶球不放，他嬉皮笑臉地將黑黝黝的槍口對向蓋恩。

然後「砰」的一聲。

子彈高速射出，從蓋恩的斜邊飛過，直直沒入了麝香鴨的眉心。

小小的子彈下一秒卻在麝香鴨腦內猛烈爆炸了，彷如燦爛煙花在純白雪景中綻放，在白色大地留下刺眼的猩紅。

瑞比看了一眼自己的手臂，隨著一隻麝香鴨的死亡，他手臂上果然又冒出一道黑色紋路。

這顯然就是縹碧之塔用來替尋寶者計算數量的方法。

加上新浮出的一條黑紋，瑞比至今獵殺的麝香鴨總共六隻。

蓋恩早在瑞比開槍的瞬間就退出會被波及到的範圍，他不願意讓那些橫飛的血肉沾到他的斗篷。

他仔細拍拂掉斗篷上的雪花，面前有龐然黑影罩下。他抬起頭，映入眼中的是那隻先前緊追瑞比的麝香鴨。

他面上不顯慌張，只是從容不迫地將早就貼上字符的手杖舉起。

「冰系第一級中階魔法——寂靜冰霧。」

冰藍色的大片冰霧從蓋恩身後湧現，撲向了麝香鴨，那些細碎又閃亮的粒子一轉眼便徹底剝奪麝香鴨的行動能力，讓牠成了一座巨大冰雕。

第二道魔法緊接而來。

「風系第一級初階魔法——風之刃。」

巨鴨冰雕的腦袋在瞬息之間被鋒利氣流砍下，砸在了雪地上，又激起一小陣雪花。

「怎麼只用初階？讓我看點高階的東西啊。」瑞比咂咂嘴，掏出一把硬糖塞嘴裡，滿足地聽著清脆聲響響起，「蓋恩你可真沒用。」

「比起只會胡亂開槍的傢伙，能用最簡單的魔法處理低等魔物，才最符合效益。」蓋恩微笑地說。「況且保持距離才不會傷到我的寶貝斗篷一分一毫。」

「噗，符合效益？你都冒汗啦。」瑞比哈哈大笑，指著蓋恩的額頭，「我可沒有眼花，不信你自己摸摸看。」

蓋恩抬手擦了一下前額，手背上有一點小小的水滴。看著那點水漬，他眉頭微蹙，唇角的笑意也在不自覺中抿直。

瑞比勾著手槍，轉了一個花俏的弧度，「真意外，才到中層，你就累了嗎？」

蓋恩這人平時不動聲色，就算瀕臨極限也不會暴露出破綻，但他身體的反應卻不會說謊。只要流汗，就表示他在力量上的消耗其實已到達疲累等級。

蓋恩將手背往衣襬處一擦，平靜地盯著瑞比一會，又轉向剛才被炸開腦袋的那隻麝香鴨，「你的魔紋彈威力，也比平常的小。」

「哪裡小了？」瑞比哼了幾聲，「那隻鴨子的腦袋不是沒了嗎？」

「你前面殺的那幾隻，是連脖子都炸開了，這隻卻沒有，除非你中途換了力量較小的子彈。」

瑞比馬上轉過頭，接著換他的臉色變得很難看。他的子彈當然沒換過，唯一的可能就是他注入槍枝裡的魔力出現了變化。

瑞比不是笨蛋，結合蓋恩和自己的情況，他立即有了答案。

「我們的力量，在不知不覺中流失了……是縹碧之塔搞的鬼？」

「如果你想得到更合理的懷疑對象，大可以告訴我。」

「切，就知道這座塔沒那麼簡單，怪不得到現在沒人拿得走伊利葉的遺產。」瑞比用力往地上踢了一腳，踢起一蓬雪花，「這座塔該不會是吸我們的力量，來維持所有幻境的運作吧。」

「縹碧之塔最基本有九百九十九個魔法陣，你覺得憑我們這些人的魔力，有辦法維持所有法陣的運轉嗎？」蓋恩扯扯嘴角，覺得瑞比也太看得起他們所有人，「五十年開塔一次，一次進入也不過百人，再怎麼計算，也不可能足夠支撐的。這座塔肯定有它自己的能量來源，至於像我們這些人，大概是順便作爲補充吧。」

「煩耶，魔紋彈得省點用了，大不了晚點換成一般子彈吧。」瑞比可不想讓自身魔力流失得更快，「眞好奇其他人有沒有發現不對勁，尤其是那些魔法師……啊，那個木妖精，翡翠！」

擔心翡翠那邊出了差錯，瑞比趕緊讓水晶球浮出掌心，觀看起裡面的畫面。

不久前還被瑞比質疑在幹嘛的翡翠等人成功狙殺了烏羽銅骨雞，讓那具比麝香鴨還要巨大沉重的身軀直挺挺地倒在雪地上。

翡翠提著兩把長刀走近沒了生命的烏羽銅骨雞。

起初瑞比他們還沒看出翡翠是要做什麼，直到目睹他俐落地替巨雞開膛剖腹。

接著翡翠又轉頭對紫髮海族說話，換後者上前，張開的掌心迅速凝聚出水流，最末有如飛箭似地射入烏羽銅骨雞的肚腹內，將裡面的東西一口氣沖刷出來，自然也包括被牠吃下肚裡的食物。

——還沒消化完、但形體也成了一團團糊爛血肉的麝香鴨。

饒是見慣血腥場面的神厄成員一時間也覺心理不適。

「媽呀，眞噁……」瑞比別開臉，隨即又轉回來。比起覺得畫面噁心，他更想弄清楚翡翠的目的到底是什麼。

然後又看見翡翠他們如法炮製地再解決了一隻烏羽銅骨雞。

一樣是血淋淋、肉糊糊的場景。

還沒等瑞比弄明白，水晶球裡就出現了令他愕然的景象。

翡翠幾人前方冷不防冒出一個黑洞，黝黑的色彩在白雪紛飛中格外顯眼。

接著，瑞比見到那三道人影走了進去。

「什麼？」瑞比懷疑自己看錯了，但水晶球裡已不見翡翠他們的蹤跡，就好像他們經由那個黑洞離開了這片冰天雪地，「他們跑哪去了？」

「啊，原來還有這種辦法……」蓋恩恍然大悟地笑開，即使水晶球裡再也找不著翡翠的身影，可他依然眼神灼熱地凝望著，「原來如此，不愧是我看中的妖精，可眞是相當聰明呢。」

「你知道？快說他們爲什麼會不見！」瑞比收起水晶球，沒耐性地逼問。

「能夠離開中層關卡，除了找到退出塔外的傳送陣以外，剩下的一個可能，應該不用我說了吧。」

「他們成功到上層了？爲什麼？」瑞比實在很討厭「爲什麼」這三個字，但他想不透緣由，只能暴躁地看著蓋恩，「不是得殺了十隻麝香鴨嗎？他們殺的明明是烏羽銅骨雞！」

「動動腦子，瑞比，規則是狩獵十隻麝香鴨，怎麼獵到的沒強制規定。你說他們從烏羽銅骨雞的體內挖出什麼？」

「挖出沒吃完的……喂喂喂，這樣也可以？那是烏羽銅骨雞吃的鴨耶！這樣也可以算作是翡翠他們狩獵到的？」

瑞比的聲音無法控制地拔得老高，他的喊聲在這處空曠場所像被放大數倍，也引來了一道龐然黑影的注意力。

「咯咯咯」的聲音伴隨著濃厚酒香快速接近他們，速度疾如旋風，絲毫沒有辜負自身旋風吃鴨雞的別稱。

對這隻烏羽銅骨雞來說，吃飽了正餐，就該吃點心了，碰巧這裡就有兩隻細細長長、還活蹦亂跳的蟲子。

烏羽銅骨雞直到肚子被轟出洞前，都沒想過蟲子居然有反撲的能力。

「酒味太重了，白痴，怎麼可能沒發現啊。」瑞比吹掉槍口冒出的硝煙。雖然使用魔紋彈會耗損魔力，在不知不覺中也會被縹碧之塔吸走魔力，不過能搶先蓋恩一步也很值得了。

蓋恩吃驚的臉可以讓瑞比保持心情愉快半小時，他決定再吃點糖獎勵自己，成功出塔後再去買杯滿滿的冰塊咬個爽。

被無盡蒼白佔據的世界中，霍地撕裂開一個黑色入口。

瑞比對此嘖嘖稱奇，原來這種方式真的行得通。

能夠散發出這種程度酒氣的烏羽銅骨雞起碼吃了四到五隻麝香鴨，加上他殺掉的六隻，數量一口氣達標了。

「我先走啦，你可別拖拖拉拉。」瑞比朝蓋恩揮揮手，手指一彈，一顆透明硬糖飛入他張開的嘴裡。他咬著糖，心滿意足地蹦進了黑洞裡。

第9章

「艾奇里德大人、艾奇里德大人。」

蹲在紅髮男人面前的少女壓低聲音，就算對方仍是毫無反應地蹲著不動，她還是鍥而不捨地一直嚷著。

艾奇里德張開眼，看著面前近距離的大臉，一隻手直接推了開。

「太近了，醜到我了。」

「我哪裡醜了？我都成功通過縹碧之塔的標準了，這證明我的容貌絕對有一定值以上。」布蘭加瞪圓了眼，喋喋不休地反駁著，「而且我還年輕，年輕又貌美，這個組合可是無敵的。就算是貝娜也都輸給了我的美，她在我的美貌前都不敢說話了。」

「那是人家懶得跟妳說話，妳又吵又煩。閉上妳的嘴巴，實習生。」艾奇里德從陰暗的牆角處站起。他的皮膚令人想到暗沉的大理石，眼角下垂，眉心有深深的摺紋，看起來陰鬱又沒耐性。他伸手往空中一抓，掌心裡是一隻回報消息的傳音蟲。

他們兩人位於一間空蕩的房間裡，四周都是磚牆。與其說是房間，陰暗冷硬的感覺更像是牢房。正前方有一扇沒上鎖的鐵門，地面上則是布滿數也數不清的黃色豆子。

這個灰色的房間處處充滿被破壞的痕跡，彷彿不久前曾經歷過一場惡戰。

「你終於不裝蘑菇了啊，艾奇里德大人。」布蘭加欣喜地說，「你之前一動也不動地蹲在這，老實說很佔位，還很像一顆紅色大蘑菇呢，看起來很難吃還有毒的那種。」

「站遠一點，布蘭加，我剛說過什麼了。」聽完傳音蟲捎回的訊息，艾奇里德從腰側抽出一根短小木杖，上面攀繞著雙頭蛇的裝飾。他手一揮，木杖立時變大，高度也和他差不多齊平，「安靜，並且不要再用那張臉醜到我。」

綁著多條繁複髮辮的少女看見法杖上貼著字符，盤踞在頂端的蛇頭雙眼綠光一閃，她緊緊地抿住嘴唇，將所有聲音都吞進肚子裡，以免艾奇里德將惡毒的詛咒魔法施加在她身上，那可是他最擅長的魔法了。

「乖女孩。」艾奇里德滿意布蘭加的聽話，「還有我剛剛那是在休息，不是沒事窩在角落裡。」

布蘭加乖巧地閉著嘴巴，但眼神不安分地瞄了瞄艾奇里德全身，還繞著人轉了一圈，最後盯回對方比起入塔時缺乏血色的臉，給予一記同情憐憫的目光。

艾奇里德感覺到自己額角在突突跳，「說話，妳那眼神是什麼意思？」

「你要求很多耶，艾奇里德大人。」一獲得解禁，布蘭加馬上滔滔不絕地說起話，中途像是不用呼吸喘氣，「一下這個一下那個，聽說只有女人那個特殊時期來才會反覆不定，你現在也是那樣嗎？是的話眨一下眼睛，不是的話就眨兩下眼睛。」

艾奇里德不想眨眼睛，他只想把這個惹人心煩的實習生扔到縹碧之塔外面去。當初是想著帶上一個剛加入組織不久的菜鳥過來，必要時可以把人丟去當擋箭牌，死了就死了，之後再找適合的新血加入就好。

誰想得到，塔裡還沒眞正碰上九死一生的危險，布蘭加的嘮叨就能先煩死他。

「所以妳那眼神是什麼意思？」艾奇里德還是很在意這件事。

「你體力不行啊，艾奇里德大人。」布蘭加絲毫不懂得婉轉，直言不諱地說，「你休息那麼久，臉還那麼白，背後的衣服都被汗水浸濕了，像我就完全沒這個問題。」

艾奇里德捏緊法杖，「那是因爲，我剛剛都在使用魔法。而妳，腦子長肌肉的蠢蛋，全是靠蠻力在破關。」

「我那不叫蠻力，是叫好體力。」布蘭加為自己申辯，「用魔法找玉米粒本來就很奇怪了，當然是直接用手找就好了啊。」

「所以妳到現在才會都沒有達成條件……算了，反正妳也不須要到頂層。把妳找到的給我，妳繼續待在上層就好，破不破關都無所謂，遺產由我去奪得。」

艾奇里德往前踏出一步，傳進耳中的豆子破碎聲讓他眉頭緊皺。

只要是魔法師，基本上都聽過伊利葉的名字。他的強大與魔法天賦至今仍在人們口中流傳讚頌，與其一併被人記住的，還有他的古怪刁鑽。

進來縹碧之塔前，艾奇里德以為書上那些對伊利葉的評價只是誇大，進來後，他甚至覺得書裡還寫得委婉了。

恕他直言，縹碧之塔的主人根本就是個神經病！

先不論下層和中層碰上的關卡，來到上層的他們，碰上的第一個挑戰竟然是在鋪滿黃豆的地板上，找出混雜在裡面的玉米粒。

只要找到二十顆，就達成條件。

不只是此刻他們所在的房間，就連房外也是一片黃豆之海。

艾奇里德不想像個白痴一樣蹲在地上，一顆顆翻找著。他直接使用風系魔法，讓一塊區域的豆子全數浮起，還得讓它們長時間維持在半空中。

然後艾奇里德這才發現，自己魔力的耗損比以往來得快。就好像除了他在使用風系魔法釋放魔力外，體內還有一個不明渠道讓他的魔力流出去。

如果將魔力比作為水，那麼人體內的魔力槽便是盛裝的容器。魔力會隨著魔法的使用而消耗，沒有足夠的休息時間，便無法重新補足魔力。

然而除非是一再使用中階或高階魔法、魔力耗損明顯，要不大多數的魔法師都不太會留意到自己的魔力值和上一回使用魔法時相差多少。

就好比一杯近滿的水，即使小小抿了幾口依然看不出差異。

但艾奇里德偏偏就是有個怪癖，他對自身魔力存量的掌控到了吹毛求疵的地步。水抿了幾口、差了幾釐米，他都要記得一清二楚。

進入縹碧之塔前他已先估量過，入塔後也將自己使用魔法的次數牢記在心。因此在上層使出風系魔法一段時間後，他就注意到了。

魔力的消耗速度不對。

進塔後才出現這個異狀，那麼問題絕大部分就是出在這座塔上。

每一層的挑戰關卡都可能臨時變換，縹碧之塔可不會在乎尋寶者之前付出的心血是否瞬間付諸流水。待得越久，失敗得越多，魔力的流失也會因此變多。

艾奇里德不想繼續待在上層，他要在關卡改變之前，迅速通關到頂層。

要求是二十顆玉米粒，他現在就差兩顆。而很剛好，布蘭加就有兩顆。

「那個木妖精要往上層來了，貝娜和馬里諾那邊有再傳消息過來嗎？」艾奇里德決定在離開上層前，把該吩咐的都先交代完。

「沒有，有的話我一定會趕緊先把你叫醒，不讓你裝蘑菇的。艾奇里德大人，你要相信我才行啊。你看你看，飛回來的傳音蟲都還在我這，沒有飛出去呢。」布蘭加從口袋裡獻寶似地掏出黑色小蟲。

「妳是蠢貨嗎？不，我不該用疑問句，我該用的是肯定句。妳是個貨眞價實還長得醜的大蠢貨，布蘭加。傳音蟲在妳這，他們就算有新消息想傳回來也做不到。」艾奇里德怒火上湧，但他不喜歡拉高音量大吼大叫，那會顯得很沒水準又浪費體力。他語氣陰冷，連一絲溫度也沒有，令人想到他法杖上的那隻雙頭蛇。

「等他們兩個上來，去把那個木妖精抓到手，然後讓貝娜到頂層跟我會合。妳和馬里諾就先離開塔，把獵物帶回去基地。記得確保獵物的完美，不准在他身上留下任何損傷；注意神厄的動靜，我不希望中間節外生枝。」

「知道啦，注意教團的刀，聽說很危險的對吧。艾奇里德大人，你是怎麼有辦法掌握神厄的動向的？原來你比我想像中的還要厲害啊，告訴我吧，看在我的美貌上請告訴我吧，我也想要知道這個祕訣。」

「把妳的醜臉挪開一點。居然稱他們是刀？不過是教團的狗罷了。妳只要記得，要是碰上神厄，就攻擊他們的手腳吧。他們身上戴著束縛用的手環或腳環，一被破壞就會迅速釋放毒素，這樣對我們來說可以省下不少麻煩。」

將布蘭加的兩顆玉米粒拿走，艾奇里德前方倏地冒出一個亮紫色法陣，複雜線條交織旋轉，光華不斷流轉。

艾奇里德一腳踏入，乍起的光芒轉眼間吞噬了他。

✣✣✣

翡翠一臉如喪考妣，踏出的每一步都異常沉重，絲毫沒有成功通過中層、前往上層的喜悅。

有一部分是因爲身體上的疲累，更多則是來自於……他的薑母鴨、他的燒酒雞，全都離他而去，他甚至連一口都沒成功咬到。

噢，翡翠私下替烏羽銅骨雞又取了一個更好記的動聽名字。

燒酒雞和薑母鴨都是進補的好東西，雖然法法依特大陸現在是夏天，但縹碧之塔的中層是冬天啊。

想想看，在雪絮飄揚之下，就地煮個一大鍋肉湯，賞著雪景，吃著浸滿藥香、酒香和麻油香的肉塊，多麼風雅啊！

都怪斯利斐爾那個混蛋，不讓他割下麝香鴨或烏羽銅骨雞的一塊肉帶著走，或是好歹讓他先在中層把肉煮完，再進去那個黑漆漆的洞口也可以啊。

彷彿是察覺到他的情緒低迷，背包裡的金蛋微微滾動，時不時蹭著他的腰。

傳來的搔癢感讓翡翠一下繃不住表情，趕忙按住包裡的金蛋，免得他不小心在通道裡大笑出來，到時候肯定會迎來斯利斐爾嚴冬般的嘲諷。

黑洞內是一條長長通道，只能不斷地沿著僅有的一條路前進。

「……翡翠先生，你有聽到我說的嗎？」紫羅蘭的聲音從後方飄來，柔和中帶著一絲擔憂。

「喊我翡翠就好。」翡翠分神逗弄著金蛋，「有聽到，你說有一個叫艾德大人的，和他的同伴想要抓我，因爲我是個木妖精。他想要剝下我的皮作收藏，而他的同伴想要吃掉我的心啊、肝啊、肺啊，看能不能增加魔力……嗯？增加魔力？」

針對妖精，然後想吃掉妖精心臟增加魔力的……不就是華格那負責人說過的噬心者嗎？

「噬心者果然進來這了！」翡翠暫時把關於薑母鴨和燒酒雞的遺憾推到旁邊，「斯利斐爾，你說待會要怎麼辦？不曉得噬心者還有幾個人？肯定是還有一個的。」

「在下會替您多留意的，確保您的心臟不會被拿走。」走在前方的斯利斐爾說。他的腳步又快又穩，狹長通道裡的幽暗全然無法阻擋他視物，「當然，最重要的是您必須隨時保持警戒，而不是一路上只想著麝香鴨和烏羽銅骨雞。」

「我比較喜歡叫牠們薑母鴨和燒酒雞。」翡翠嚴肅地為那兩種魔物正名，「貼切又好吃，而且一路攻塔你都不覺得累……啊，當我沒問。你不累，可是我覺得累了啊，比平常打魔物還累耶，要是剛剛能把燒酒雞和薑母鴨……」

「翡翠先生你餓了嗎？」紫羅蘭立即從後伸長手，白玉般的兩根手指間還捏著剔透且泛著淡粉的肉片，「來一片龍蝦生魚片如何？補補體力和元氣，我可以餵你吃喔，無論如何請不要客氣。」

翡翠一點也不想知道那片肉是從哪裡變出來的，他客氣地說，「不，我真的對海鮮過敏，沒有騙你。」

紫羅蘭的手收了回去，可接著後方隱隱傳來了啜泣聲。

翡翠鐵石心腸，不回頭就是不回頭，回頭了他也沒辦法吃龍蝦生魚片啊。

「斯利斐爾。」翡翠改用意識和斯利斐爾對話，「我這次那麼積極努力向上，一定能得到額外獎勵的對不對？有一隻大龍蝦在身邊晃來晃去卻沒辦法吃，這多痛苦你知不知道？」

「在下不知道，也沒興趣知道，而且在下從不保證沒有把握的事。比起去想著虛無縹緲的獎勵，您該多注意的是您的安全，別滿腦子都是吃。」

「不，只有四分之五是吃的而已。」

「沒救了，都溢出腦子了。」斯利斐爾側頭看翡翠一眼，即便在視線不佳的通道，翡翠還是能瞧見對方眼中同樣滿溢出來的嫌棄。

後方的啜泣聲還在持續，替昏幽的通道添上一股難以言喻的詭譎陰森。

翡翠想要裝作沒聽見，但斯利斐爾討厭噪音一路干擾。

「您惹出來的事，請在三分鐘解決。」

「他堅持要把自己身上的肉塞給我吃，我也很爲難的好不好？他說要報恩，但我眞的想不起來自己做了什麼救過他的事。」

「您拿他擋下了幽靈熊的攻擊。雙水龍蝦偶爾會陷入昏迷期，非得要強大的外力才有辦法喚醒，否則就會昏迷到天荒地老，據說有的雙水龍蝦就這樣昏迷至死了，這項症狀被稱爲睡美蝦症候群。」

「聽起來也太可怕了吧……也就是說，我反而誤打誤撞叫醒了他？」

「您的『誤打誤撞』四個字用得相當精闢。所以，您還有兩分半去處理好，否則就別怪在下……」

「停！」翡翠在內心大叫一聲，隨後快速轉過身，一把抓握住紫羅蘭白皙無瑕的雙手，「紫羅蘭，你想用身體報恩對不對？」

「是的。」紫羅蘭眨去眼裡的淚水，憂思重重的神情讓他的五官染上令人憐惜的脆弱，「翡翠先生，你終於願意無視死亡的威脅，接受我的報恩了嗎？」

翡翠覺得紫羅蘭的說法聽起來更像報仇。

「你聽我說。」他清清喉嚨，擺出最認真誠懇的表情，「我願意接受，但你要給我時間。我說我過敏真的不是騙你，不過只要找到治療過敏的辦法，就能敞開心胸，盡情地享受各種海鮮。而在那之前，你就先把自己照顧好。」

「了解。」紫羅蘭慎重地說，「我會讓我的肉質一直維持在最新鮮完美、隨時都能吃上龍蝦生魚片的狀態。對了，翡翠先生，你現在要偷吃看看嗎？」

「我們到了。」斯利斐爾的話聲讓翡翠興高采烈地馬上轉過頭，順便躲過紫羅蘭堪稱不屈不撓的推銷。

佔滿通道的幽暗突然消失，一團光亮迎面而來，逼得翡翠等人下意識閉上了眼。

等到他們再睜開眼，重新適應光線，這才發現自己站在一處砌滿磚石的室內空間。

冷硬色調充斥四周，牆壁上嵌著鐵窗，然而窗外卻又是一堵磚牆，將外界徹底隔絕，壓迫封閉的氛圍讓人聯想到牢房。

「我們這是在……」翡翠剛往前踏出一步，就聽見「啪沙」的一聲。他低下頭，看看自己腳下，接著再一臉匪夷所思地望向他們周圍的地板。

他們被滿地的黃豆包圍了。

提起黃豆，那是營養價值相當高的豆類，還能變化出各種豆類美食。

翡翠可以在一分鐘內想出五、六十樣不重複的豆類料理，但他實在很不明白……

爲什麼縹碧之塔上層，會到處充滿黃豆？

「給我們磨豆漿喝嗎？那好歹也附送個石磨嘛。」在異世界裡，翡翠不敢奢望會有磨豆漿機，可是最原始的工具總能來一個吧。

「等事情都處理完了，您可以去睡一覺，夢裡什麼都有。」斯利斐爾好心地建議。

雖然不曉得這一地黃豆是要做什麼，不過這不妨礙翡翠他們先摸索四周環境。

他們走出了那個像是牢房的房間後，來到還算寬敞的走廊，這裡的地板同樣處處看得到黃豆。

除了無數豆子外，他們還看見了其他人的身影。

那幾人姿勢相同，做的事似乎也是同一件——他們都蹲在地上，埋頭在黃豆堆裡翻找什麼，對突然出現的翡翠等人不甚在意，連分出一絲注意力也沒有。

反正會出現在這裡的，都是通過中層考驗、順利來到上層的尋寶者。大家都是一樣的身分，自然不須多加關注。

「沒看到這層的通關條件啊……」翡翠抬頭張望，沒有找到那些發光的字體。

他回頭看看面無表情、冷淡矜貴的斯利斐爾，再看看優雅佇立一旁，對上他的目光後還回予淺淺一笑的紫羅蘭。

他看明白了，這兩人沒打算動一步去問別人。

翡翠剛要提腳，遍地可見的黃豆忽然全部消失，砌滿磚石的場景霎時也變了模樣。

那些蹲在地上的尋寶者紛紛站起，驚愕地發現到他們現在就像身處在被多扇拱門環繞的大型宴客廳之中。

從冰冷壓迫到金壁輝煌，不過一眨眼。

能容納幾十人一塊坐下的長桌上冷不防冒出一堆豆子，它們骨碌骨碌地滾動，一下便拼成了三行大字。

入塔者，必須遵守規定。
穿過門，帶著東西走。
或是繼續前行，但是當心小偷。

眾人怔怔地看著新出現的規則。

半晌後，一名妖嬈的黑髮女人最先發出不敢置信的尖喊，「那原本的要找出二十顆玉米粒呢！」

「眞神在上，老子都快找完了……就差五顆啊！」一個棕髮男人也無法保持冷靜，狂野英俊的面容忍不住扭曲。

翡翠瞄瞄另外兩人，他們沒那麼激動，但表情同樣稱不上好看，足以猜出他們先前爲了達成目標，肯定也花了不少工夫，如今卻因爲新規則，讓他們都白做工了。

也就是說，原本的通關條件是在先前的黃豆海中找出玉米粒？

哇，還是一樣好喪心病狂啊。

翡翠同情了其他人一秒，就把他們拋到腦後。他湊到長桌前端詳起那三排大字，然後迅雷不及掩耳地伸出手，想趁機撈一把黃豆走。

斯利斐爾的手將他的手腕扣得緊緊，如同掙脫不開的鐵銬。

翡翠與那雙紅銅色眼眸對視數秒，最後敗下陣來。他不走，斯利斐爾眞的會耗著性子，面無表情地和他對看到天荒地老。

他不想和斯利斐爾對看，他只想和變回大鬆餅的斯利斐爾對看。

腦內想著鬆軟金黃還淋著焦糖醬的熱呼呼大鬆餅，翡翠沒再管廳內的幾人，隨便選了一扇門直接走進。

門後是一間布置奢華的書房，房裡同樣飄著那三排大字，只不過這回不是黃豆排成的，是發著光的字體飄浮在空中。

地上是雪白的長毛地毯，家具鋪著藍綠色絨布，扶手椅背雕刻細膩，牆壁上的白銀雕紋如同植物枝蔓纏繞伸展，書櫃表面也攀附著華麗的貼飾。

書櫃上擺著大量書籍，顏色相近的書背排放一起，在翡翠眼中看來如同聚集了不同色系的色票。

翡翠對書不感興趣，後方和翡翠他們挑選同一扇門的矮個子法師卻突然爆出驚呼。

「這是……這是我一直在找的木系魔法資料書！啊，這本也是！還有那本！」

矮個子法師簡直像掉入糧倉的老鼠，被巨大的幸福感衝擊，再也邁不動腳。可當他一瞥見翡翠等人，立即就把看中的魔法書抓下來，抱得緊緊，另一隻手緊握著法杖，態度警戒地往下一扇門移動。

只要翡翠他們有搶書的意圖，攻擊性的魔法就會馬上發動。

然而他甚至都還沒來得及越過翡翠他們，下一刹整個人便突然消失，連同他抱在懷裡的書。

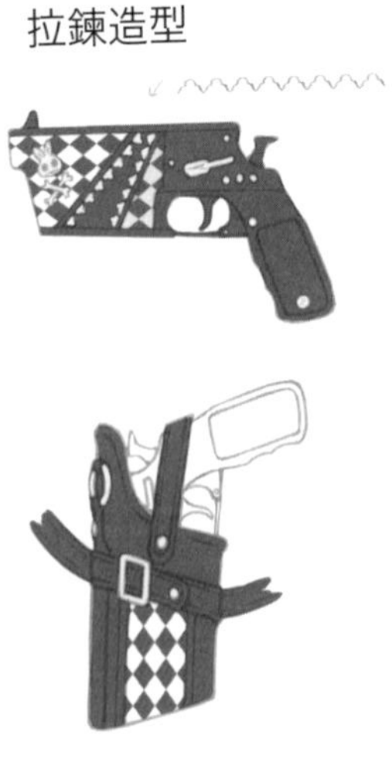

☆瑞比的武器☆

外表華麗，殺傷力卻很驚人。
使用的子彈是注入濃縮魔法的魔紋彈。

第10章

翡翠眨眨眼，再眨眨眼，他很確定前一秒自己眼前還站著一個人。矮個子，拿著法杖，長得清秀的年輕魔法師。

然後下一秒，那人就無緣無故不見了。

「怎麼回事？」翡翠愕然地問，「剛剛這裡……」

「有個人，接著消失了。」紫羅蘭輕聲地說，「翡翠先生，別太在意，這個世界所有生物總有一天都會消失的。我們要重視的是在那一天到來之前，是不是還有重要的事未完成。沒錯，就像報……」

「抱歉，您該過來看看這個。」斯利斐爾對翡翠說。

翡翠一溜煙跑向光字旁邊，「看哪個？這些字嗎？這些字有什麼問題？」

「它們的字距不一樣。」

「……什麼？」

「大部分文字間距都一樣，除了兩個字的中間。當初那些用黃豆拼出的字也有同樣的問題，在下本以爲只是碰巧，如今看來並不是。」

翡翠心裡嘀咕，誰會去注意這麼細的部分啊。但他還是往後退了幾步，認真地打量那三排閃閃發亮的發光文字。

這一看，確實眞如斯利斐爾所說，有某兩個字之間的距離比起其他字的間距還要寬上一些。

那就是「西」與「走」的中間。

因此整體看起來應該是——

穿過門，帶著東西，走。

「帶著東西，走……可是那人拿了書也往前走了，卻平空變不見了。他不是依照規定走了……」電光石火間，翡翠腦海中激發出另一個猜想，「對啊，他走了！」

「翡翠先生？」

「沒錯，走的意思也可以是離開。剛剛那個人從這裡消失，所以的確是符合這層的規定。帶著東西，走，或是繼續往前走，這兩句話的『走』根本不同意思。一個是消失離開，一個是像我們正在做的，往前前進。」

假如不是斯利斐爾留意到光字間距不同，翡翠大概也沒辦法那麼快反應過來。

翡翠不由得感慨，不愧是在整理白手套時都要拿出尺來測量，嚴格要求擺放距離務必同樣寬度的男人。

爲了證明自己的推論沒錯，翡翠看向另外兩人一眼，在彼此眼中瞧見相同心思。

三人沒有一絲遲疑，馬上往前面的房間跑去。

與下層的人數相比，上層的尋寶者在數量上可說是大幅度地減少。

翡翠他們跑過多個不同風格的房間，終於又在一間書房發現了其他人。

比起先前的奢華，這裡被大量木頭包圍，空間往上呈現狹長狀，還有一道白木旋轉樓梯從上方延伸下來。可以看見上層一樣擺滿書架，下層的銀藍色椅榻上則擱放著一把能閃瞎人的華麗珠寶。

翡翠他們的到來驚動了待在上層的人，那是名纖細的女性妖精，淺紫色的長髮隨著她探頭向下望，猶如夢幻的雲彩。

女妖精懷中抱著幾本書，她的目光最先落到了翡翠身上，她剛要張口確認翡翠是不是和自己同族，整個人卻在刹那間消失無蹤。

保險起見，翡翠等人又馬不停蹄地往前走，然後看到了更多活人無預警消失事件，一律都是在取走縹碧之塔裡的東西後發生的。

就連翡翠都差一點控制不住自己的手，就要拿下某個書櫃上一本專門治療海鮮過敏的書。

斯利斐爾眼明手快地攫住翡翠的手腕，冷冰冰地要他看清楚那本書叫什麼。

翡翠看了，然後一口氣險些哽住。

《治療海鮮過敏症的零種方法》。

「這種書爲什麼有辦法出版？」翡翠抹去額際的汗珠，說話間有些喘氣，「作者和出版社的良心呢？」

「您累了？」斯利斐爾無視他的抱怨，「您在流汗，呼吸聲比平時還要重，腳步邁開的距離也比之前再縮短了。」

「你可以用句號而不是問號。我感覺像跑了好幾公里一樣，但我在這層頂多就是一直走。你難道都不覺得……」翡翠一拍額頭，他估計自己累傻了，才會問眞神代理人會不會感到疲倦，他改問紫羅蘭，「紫羅蘭，你會累嗎？」

「不是很累，但是……」紫羅蘭攤開掌心，半晌後上面飄晃著幾顆剔透的大水珠，「收集水氣的速度稍微變慢了。」

「這地方是會吸精氣不成？」翡翠抹抹臉。

「在下必須糾正您，您應該要說的是體力或是魔力，而不是會涉及到床上成人運動的精氣。」斯利斐爾挑剔起翡翠的用詞。

翡翠才不想理他，「這邊很可能待越久越花力氣……我們走快點吧，記得看到任何感興趣的都別碰，要是出現了好吃的……」

翡翠沉痛地說，「無論如何，請一定要抓緊我別放手，拜託了。」

「或者在下可以先把您的雙手綁起來，再牽一條繩子，由在下拉著您，您覺得如何？」

「我覺得，你還是閉嘴別開口好了。」

單方面和斯利斐爾陷入冷戰後，翡翠把注意力都放在趕路及抵禦紫羅蘭的誘惑。

「翡翠先生、翡翠先生，你累了嗎？餓了嗎？要不要吃點東西補充力氣？」

「近期內不吃海鮮，謝謝。」

「不是從我身上割肉片，你放心好了，這幾天內我都會好好保養我的身體。」

翡翠發誓，這幾天過後他絕對要想方設法離紫羅蘭遠遠的。

「那你喜歡冷盤料理嗎，其實我也很擅長這個呢。我馬上就能準備好給你，你要不要嚐一嚐？」

只要食材不是海鮮，那麼翡翠當然是樂意的，只不過當他看清紫羅蘭拿出的東西後，他沉默片刻。

……不，你那不叫冷盤，分明是冷凍了好不好？

紫羅蘭連盤子都準備好了，盤內是一塊被冰凍住的三角甜派，常溫之下，冰塊散發出絲絲的白氣。

在他的操控下，冰塊迅速融化，但又神奇地讓裡頭的甜派保持乾燥，沒有沾上水氣而變得濕淋淋。

「翡翠先生，這是我三天前親手做的太妃糖牛奶夾心辮子派。在完美的冰凍效果下，派依然新鮮一如剛完成的時候。餡料是甜牛奶搭配烤杏仁，派皮邊緣特地編織成辮子的形狀，金黃色的酥皮上方是水滴狀的粉紅糖霜擠花。甜牛奶主要是由蜂蜜和濃醇的初乳調和，杏仁經過精挑細選，確保每一顆都完好無瑕，以爐火烘烤，讓它們的香氣均勻散發。糖霜是用粉紅香檳作爲基底，清爽甜美，絕對不會是滿口過於甜膩的味道。」

「謝謝你的解說，聽起來真的非常好吃。但在此之前，我想問的是……這是什麼？」翡翠舉高手上的太妃糖甜派，中間的夾心層有東西垂下來。

細細長長，還一縷一縷的……怎麼看都長得跟紫羅蘭的頭髮一模一樣。

「是用我的頭髮編成的辮子。」紫羅蘭柔和一笑。

翡翠也回予笑容，接著用最快速度把派塞回紫羅蘭手裡。

紫羅蘭不死心，接二連三地再拿出各種冷凍甜食，每一個在融完冰之後都是精緻美麗，誘得人食指大動。

可同樣地，每一個甜點裡面不是夾了紫羅蘭的頭髮，就是夾了指甲或是汗毛。

翡翠退避三舍，這分明是詛咒料理吧。

他若無其事地加快步子，改與斯利斐爾並肩行走，深怕自己再走在後頭，一不留神可能就被塞了一嘴的辮子派。

眞．辮子的那種派。

翡翠他們就好像走在一條沒有終點的道路上，不停地穿過不同的書房，不停地看見各種藏書和絢麗珍貴的財寶、武器、防具、法杖。

沿途上他們看見有人克制不住欲望，伸手拿取，繼而從塔裡失去蹤影；也有人發覺規則的眞正意義，不爲所動地大步前行。

有時候翡翠他們會碰上有人跟他們選擇同個方向，可很快又在下個分岔門口分散，走到最後，他們的隊伍還是只有三個人。

這趟看似無盡的旅途，終於在翡翠感到筋疲力盡之前有了終點。

當翡翠他們踏進了一間只擺放空書架、堪稱空無一物的書房後，場景轉瞬間有了改變，一切景物變得模糊，有如水波晃漾開來……

隨著波紋消散，上層又回復成宛若陰暗牢房的空間。

深灰磚牆矗立，窗戶被封鎖得死死的，看不見外界光景，腳下踩的是粗糙不平的石塊地板。

牆壁上掛著火把，火光映照在凹凸的磚牆上，搖曳的陰影彷彿是一隻隻噬人怪物。

尖銳的警報聲驟然大響，迴盪在這個壓迫感強烈的灰暗空間裡。

「小偷、小偷，小偷即將出現，保護好重要東西！當心小偷，找回失物才能通關！」

「居然還會提醒？也太貼心了吧。這座塔不是很愛耍著人玩嗎？」翡翠第一時間抓緊了自己的包包，內心想的是自己的三顆金蛋。

幾乎是他想起金蛋的剎那，那些投映在牆上的陰影竟眞的化爲怪物衝出。它們有大有小，外形如同怪異的石頭野獸，速度奇快無比。

翡翠的背包在措手不及間被大力扯走，同時他的身子猛然離地，一尊高壯的石像竟是將他夾在手臂下，抓著他就往另一個方向跑。

面對這突如其來的變故，斯利斐爾眼神一凜，二話不說邁開長腿，直接選擇追向被偷走的背包。

來不及思考自己怎麼也會淪爲被偷走的對象，翡翠想也不想地奮力扭頭，「紫羅蘭，追回我的包！拜託，沒有它我這輩子都吃不下一口龍蝦肉的！」

本想追上那隻巨石像的紫羅蘭生生收住了腳步，他深深地望了翡翠一眼，昳麗的眉眼閃過一瞬糾結，隨即毅然決然地轉身追往了斯利斐爾消失的方向。

見紫羅蘭去幫斯利斐爾，翡翠鬆了一口氣，繃緊的身子也稍稍放鬆，可下一秒又重新繃住。

等等，所以自己爲什麼也會被偷走？

剛剛好像是他一想到金蛋，他的背包就被石像鎖定爲目標。那個警報該不會是故意響起的？爲的就是讓人反射性想到自己在意的東西。

如果從這個邏輯推論下去，難道說現場有誰想到他嗎？

斯利斐爾絕對不可能的，先不論那傢伙會想什麼，縹碧之塔至今的關卡都對他無效，或者說根本就不曾感知到他的存在。

翡翠發現自己不用想了，他閉上眼，滿腹怨氣似乎都要衝出來化作一個名字。

紫、羅、蘭！

「小偷、小偷，小偷即將出現，保護好重要東西！當心小偷，找回失物才能通關！」

尖銳的警報聲嚇了布蘭加一跳。

以多條辮子盤出繁複髮型的綠髮少女拍拍胸口，下意識先東張西望一番，想要找到聲音的源頭來自何方，同時心裡也反射性地想著自己身上重要的東西是什麼。

一些晶幣，再賺就有了……法杖，破破爛爛的，有沒有都沒差……想來想去，好像就只剩下……

啊，酒心蘋果！

那是布蘭加前天買的水果，外皮紅艷、果肉雪白，果核比一般蘋果來得小。果核旁流淌著殷紅的汁液，香如美酒，連帶把爽脆的果肉也醺出一股酒香。只要大口咬下，就能同時享受清脆與微醺的美妙風味。

不過從樹上摘下後，擺放不能超過五天，否則果液的滋味會變質，成爲發酵過頭的酸苦。

一想到再兩天就要過期的酒心蘋果，布蘭加趕緊拿出一顆紅通通的大蘋果，隨意地往衣上擦一擦，就要一口咬下，享受甜蜜酒香溢出的味道。

說時遲、那時快，蘋果都還沒碰到布蘭加的嘴唇，一道黑影已如旋風撲過來，一眨眼就把蘋果掠奪走。

這一切發生得太快，布蘭加甚至還沒意識到發生什麼事。直到她咬了一口空氣，才驚覺自己的酒心蘋果不見了。

不對，是被偷走了！

搶走酒心蘋果的是一隻外貌詭異的石獸。搶到蘋果後，它沒有立刻跑掉，反而像刻意要讓布蘭加看見自己的犯罪成果，吸引她追過來，緊接著才噠噠噠地溜走。

只可惜，這隻石獸預料錯誤。

布蘭加別說被激怒了，她連追趕都嫌懶，直接眼睜睜地看著石獸舉著她的大蘋果消失在走廊深處。

只不過是一顆蘋果，離塔再買就有了，況且她留在這層的目的也不是爲了破關啊。

布蘭加摸著下巴，自言自語起來，「我剛想到蘋果，就有東西衝出來偷走我的蘋果，這不可能是巧合吧。不可能、不可能，嗯嗯，用艾奇里德大人的頭髮想都不可能，如果我猜錯，那麼艾奇里德大人的頭髮就掉光光然後再也長不出來吧。」

若無其事地以別人的頭髮發下惡毒的誓言，布蘭加踏上與石獸截然相反的方向，想著該怎麼在這處處充滿古怪的地方尋找到目標。

那名綠頭髮的木妖精。

在被艾奇里德徵收走兩顆玉米粒不久後，布蘭加所待的上層空間忽然大變模樣，從陰森的牢房風格成了彷彿走不到盡頭的書房迷宮。

在不同的書房都能發現價值不斐的寶物，然而只要拿走任何一項，就會從原地消失蹤影，最大的可能性是被排除至縹碧之塔外面。

好在布蘭加打從一開始就對那些東西不感興趣，目睹幾次活人無端不見的光景後，她也從這層樓的規定中找出眞正的含義。

只要拿了東西，就得離開這座塔。

但這地方不管怎麼走都像是沒有一個終點，饒是自認體力充沛的布蘭加也走到心煩意亂，內心只有一個想法。

大魔法師伊利葉果然就是一個神經病，否則正常人哪會弄出這些關卡啊！

「不知道貝娜和馬里諾跑哪去了，難道說因爲太笨所以遲遲通不了關還被卡在中層嗎？可是也卡太久，我沒辦法到中層，但是艾奇里德大人說木妖精已經來到上層，看樣子只能靠我一個人了。希望那名妖精旁邊沒有其他人，不然就得對那些人動手了，這實在很爲難一個愛好和平的人耶。」

就算只有一個人，布蘭加也有辦法一整路自說自話，自得其樂。

「還是說他們先碰上神厄了？有機會真想研究神厄看看，想把他們所有資訊情報全都徹底解析一遍呢。據說神厄的成員都是罪人，要犯下怎樣的罪行才能加入呢？只是簡單的殺人放火就好嗎？而且又是由誰來審判決定呀？啊啊，真好奇，太好奇了……」

不過沒多久，她的嘀嘀咕咕驀地消失。她睜大眼，看見前方橫向的那條通道上，有一抹異於常人的高大身影正慢吞吞地經過。

布蘭加揉揉眼，確定自己沒看錯。那尊石像的手臂內側，赫然夾著一名年輕的綠髮妖精。

是那個木妖精，翡翠！

布蘭加忍不住想吹口哨讚歎自己的運氣超級好，根本不費吹灰之力就碰上獵物了。

石像步伐沉重，在通道內震出悶重的聲響。被它夾在臂彎中的綠髮青年面部朝下，看不出此刻是清醒還是昏迷。

但這些對布蘭加而言都不重要，她只要成功把獵物搶過來就可以了。

布蘭加悄無聲息地跟上去，她摸出自己看起來像根朽木的法杖，嘴唇快速開闔，壓得極輕的咒語成串逸出。

巨石像全然沒有發覺有人快速朝它逼近。

隨著巨石像步入了魔法射程範圍，布蘭加的嘴裡吐出了咒語的最後一個音節。

下一剎那，多道冰藍鋒芒瞬間從法杖頂端噴薄而出——

被一尊巨石像挾持的滋味如何？

如果讓翡翠來發表感想，他會說差勁透了。感覺就像是坐在一台老舊的公車上，而公車開在坑坑窪窪的馬路，又搖又晃又顛，胃部都在跟著翻滾。

偏偏那隻粗壯的石頭手臂還夾得很緊，不給人一絲逃脫的空隙，讓翡翠想努力掙脫都做不到。

翡翠原本想耐著性子觀察石像要將他帶到哪去，會不會到最後是將所有偷走的贓物都歸放在一塊。假如是的話，那麼他說不定還有機會比斯利斐爾他們早一步找回他的三顆金蛋。

可他沒預料到的是，這趟被搬運的過程真的太顛簸了。

他發誓，再持續個幾分鐘，他今早吃進去的早餐可能都要化成另一種型態，重新出現在他的面前。

就在翡翠放棄原始計畫，準備讓身上的雙生杖變成長槍，設法爲自己爭取自由的時候，上方冷不防傳來轟炸般的聲響。

巨石像發出劇烈晃動，挾持翡翠的力道隨之鬆懈，連帶也讓翡翠整個人往下掉。

翡翠反應靈敏地在地上翻滾一圈，才沒摔得像隻趴地青蛙。他迅速撐起身體，在最短時間內掌握四周情況。

那尊碩大笨重的巨石像失去平衡，跌靠在牆邊，手腳關節像被銳器砍出切口，灰黑的石塊表面上還覆著一層泛著螢光的霜雪。

霜雪未融，翡翠就見到石像身下竄出多根灰褐枝條。它們迅雷不及掩耳地鑽進石像的切口處，柔韌地纏繞住它的手腳，然後猛一使力——

堅硬的石像轉眼間就被四分五裂，笨重地倒在地面上。

翡翠沒有再多注意那尊失去泰半行動力的石像，他目光警戒地盯住施施然朝他走來的綠髮少女，一手隱蔽地按在腰間，只要一有不對，就能即刻抽出他的雙生杖。

少女的相貌是一種耐看的可愛，墨綠色的髮絲綁成許多辮子，再盤成繁複的髮型。手裡握著一根活像破爛木頭的法杖，細細的灰褐色枝條在頂端盤旋繚繞，乍看下有若活物。

「總算讓我找到你了翡翠，艾奇里德大人很囉嗦的，要是我沒辦好事，他肯定會把我臭罵一頓。當然我可不會乖乖聽他教訓，我都是在耳朵裡塞棉花，然後裝成一副很乖的樣子呢。」布蘭加一步一步地走近，法杖頂端的枝條也變得更爲活躍，旋繞的範圍變大，「你可以乖乖讓我綁起來，然後和我們一起回到基地去嗎？我的上司說他會溫柔地對待你的心臟。」

從那兩片紅唇吐出的關鍵字讓翡翠毋須猜想，綠髮少女的身分登時呼之欲出。是噬心者！

而艾奇里德大人……就是紫羅蘭口中提及的「艾德大人」嗎？

「你們要我的心臟做什麼？身爲心臟的擁有者，我該有權利問清楚一些吧。」此時沒有同伴在身旁，隻身一人的翡翠冷靜地虛與委蛇，一邊謹慎地與人拉開距離，「首先不如先請妳自我介紹一下如何？」

「可以啊，我叫布蘭加，名字很可愛對不對？其他問題你大可以儘管問，但怎麼回答要看我心情喔。不過你這張臉真的好好看喔，怪不得會有人想要收藏你。對了，你要小心你的皮喔，除了心臟，你的那身皮膚也是很重要的。」布蘭加不只嘴上沒有停歇，她撲向翡翠的速度同樣沒有一絲凝滯。

與此同時，木頭法杖上的灰褐枝條快若疾雷地衝向了翡翠，要把他的四肢一口氣束縛住。

翡翠沒想到對方居然會是邊說邊發動攻擊的人，照常見的套路而言，反派角色不都該先長篇大論一番，順便把自己的犯案動機跟童年創傷都吐露得一乾二淨，再正式行動的嗎？

這個叫布蘭加的女孩子太不按常理出牌了！

內心吐槽歸吐槽，翡翠可不會忘記閃避。他還清楚記得那些灰褐的東西，在上一刻是如何把一尊石像當成破布娃娃輕易解體。

寬廣的廊道讓人有足夠的躲閃空間，翡翠連連後退，雙生杖抽出即刻變化成兩把鋒利的長刀，正要迎向那些彷若生物移動的枝條，反倒是布蘭加先收了手。

翡翠不認爲布蘭加是突然被他的美貌迷惑，願意放他一馬。他沒有放鬆戒心，乾脆腳下用力蹬地，換他主動出擊。

布蘭加讓灰褐枝條停止追擊的確不是爲了放過翡翠，她才不會白白地讓獵物從眼皮底下逃走。

她沒有錯過翡翠法杖變成長刀的那一幕。就她所知，沒有哪一種武器可以隨意變換模式，除非是必須注入魔力驅動的魔法兵器。

在縹碧之塔內，魔力的消耗會比在其他地方加劇。

她不確定對方知不知道這件事，但既然雙方的魔力都在外洩，那麼現在拚的就是體力了。

布蘭加對自己的體力一向很有自信。

她咧嘴一笑，讓彷彿灰色藤蔓的枝條往自己的法杖上端層層裹起，體積越來越大、越來越大，最後外形如同巨大的槌子。

布蘭加握著法杖改造的巨槌朝翡翠方向直奔。

翡翠提起雙刀，採取打帶跑的方式迎戰，同時在腦海中喊著斯利斐爾的名字。

短短時間內，兩人就已交手十幾回合，陰暗的通道中時不時發出沉重的砰砰音響，或是銳物擦過的尖銳長音。

面對虎虎生風、朝自己正面襲來的攻擊，翡翠沒打算硬碰硬。和巨槌相比之下，他的雙刀勝在靈活。他猶如一條滑溜的魚，腰部一壓低，一個滑鏟的姿勢，飛也似地避過了布蘭加猛力揮下的灰色大槌。

他飛快扭身躍起，出其不意地朝布蘭加背後暴露出的空隙揮下刀。

長刀卻劈了一個空。

翡翠睜大眼，藏不住愕然的表情，綠髮少女的身影竟然在這瞬間成了一截枯木，掉落在地。

下一剎那，布蘭加重新出現在翡翠面前。

「厲害吧？這是我的絕招之一喔，你一定是第一次看到替身攻擊吧。你以爲你打到我了，但其實是螳螂捕蟬、黃雀在後啊。你現在一定累了吧，覺得開始有氣無力了吧。算了不管你有沒有，我開始累了啊，所以黃雀現在要把你吃掉，然後趕快休息了！」

布蘭加個子嬌小，卻氣勢十足。她扔開巨槌，有如猛虎撲兔般將翡翠大力撞倒，極有技巧地壓制在他的身上。

翡翠的後背和腦袋撞在了堅硬的石板上，眼前出現短暫白芒，布蘭加的絮絮叨叨不停鑽進他耳內。

翡翠覺得對方眞正厲害的是可以邊打邊說個不停，她都不用喘氣的嗎？

一拉近與翡翠的距離，布蘭加的表情忽地微變。她倏地抓住他的衣領，將他往自己一把拉近，鼻尖往他身前聳動。

「嗯嗯嗯？你聞起來不怎麼像是木妖精耶，你眞的是木妖精嗎？」

喔，其實我是精靈王。

翡翠在心裡回答，膝蓋抓到機會屈起，正準備要重重頂撞上布蘭加柔軟的腹部，一道槍聲猝不及防地在通道內炸開。

☆瑞比鞋子配件☆

瑞比為神官成員，與路那利有那麼一絲友情關係。
不受束縛、個性張狂，而這點，
也反映在他的服飾上，喜黑白強烈對比。

第11章

一聽見槍聲，布蘭加靠著直覺急急往旁滾了一圈，驚險地避開了子彈。

翡翠躺在地上，極佳的動態視力讓他捕捉到子彈軌跡。

只見那顆表面刻著絢亮紋路的子彈從他的上方擦飛過去，最末在他的腦袋後方引發一陣爆烈聲響。

「翡翠，你可以起來了。別擔心那個瘋女人，我正盯著她呢。」瑞比手裡持著槍，槍口瞄準想要抓回自己法杖的布蘭加，黑白兩色的兔耳朵隨著他的步伐有一下沒一下地晃動，「眞是的……你也太難找了吧。」

「你說誰是瘋女人？你有看過這麼可愛的瘋女人嗎？你的眼睛一定是哪裡有問題！啊，我知道了，兔子視力不好吧！」布蘭加不高興地怒視插手戰鬥的兔耳外套少年。

「兔子的視力不好嗎？」瑞比歪著頭，咧開的笑容裡混著狂氣，「我可不曉得。不過等我把妳的眼睛打爛，就換妳的視力不好啦。當個瞎眼的噬心者如何？然後我會把妳拖回教團……」

「你是神厄的人！」布蘭加想起傳音蟲帶來的消息，她彈了下舌頭，看看翡翠，又看向瑞比。

這兩人顯然是認識的，他們接下來最可能做的就是聯手對付自己。

布蘭加朝旁一瞄，法杖離她有一小段距離，她想一對二，就得先拿回自己的法杖。

心念電轉間，布蘭加朝著法杖飛撲過去。法杖上的灰褐枝條同一時間「唰」地鬆解開，像是一隻擺脫束縛的野獸。

看在翡翠眼中，那更像是章魚的觸手瘋狂來襲。

在大量枝條的干擾下，翡翠和瑞比果然抽不開身去阻止布蘭加。

布蘭加雙眼放光，法杖就在她觸手可及之處，她使勁地再往前一撲——

卻撲了一個空。

突如其來的變故讓布蘭加腦筋一時轉不過來，她撐起頭，呆呆地看著出現在自己視野內的一雙腳。

修長筆直，修身的褲管下隱隱勾勒出肌肉線條。

布蘭加無意識地嚥了嚥口水，目光緊緊黏在那雙腿上，甚至都忘了去思考爲什麼她完全沒有察覺到那人的接近。

接著她看見那雙大長腿的主人踢開她的法杖，彎下腰，讓人瞧見清貴俊美的面容。

那名銀髮紅眼的男人從容不迫地將某個東西塞進她的掌心內，再替她將手指一根根地彎起，好抓緊那個東西別鬆手。

手裡的硬物總算讓布蘭加回過神，她反射性看向自己無意識抓住的東西——一塊灰沉沉的磚石，看起來就像隨便從牆上摳下來，或是從那個倒塌的巨石像旁邊撿起來的。

爲什麼要給我這玩意？布蘭加茫然地眨眨眼，隨後瞳孔驚恐收縮，還沒等她丟開手裡的石塊，剎那間人已從原地消失不見。

沒了魔力驅使，那些在通道間狂舞的灰褐色枝條跟著一同消失。

瑞比的食指還在扳機上，只差那麼一秒他就要扣下，讓子彈從槍管內撞射出來。他呆愣地看著空無一物的前方，藍眼睛張得大大，兩條兔耳朵垂在他的肩上，宛如一隻傻住的大兔子。

「怎麼……怎麼回事？」瑞比找回了自己的聲音，他沒看清斯利斐爾對布蘭加做了什麼，但他肯定布蘭加的消失絕對與那男人有關，「你同伴做了什麼？」

「他讓那位噬心者小姐自動退場。我們還在上層，規則也還沒改變，所以斯利斐爾只是利用了這裡的規則而已。」翡翠一屁股坐在地上，朝著自己直搧風。假如不是礙於斯利斐爾在場，他都想學動物吐出舌頭，看能不能更快散熱。

幸好精靈不太會流汗，否則他就不僅又熱又累，還要全身黏糊糊了。

翡翠朝斯利斐爾揮揮手，「感謝你及時趕到，你眞是我最愛的絕世無敵美……」

「那是因爲您吵死了。」斯利斐爾站到翡翠跟前，居高臨下地俯視他。

翡翠嘿嘿一笑。他這叫機智，懂得善加利用遠距離意識溝通功能，才能在危急時刻把斯利斐爾他們喊到這裡來。

「嗯？紫羅蘭呢？」翡翠驀地注意到只有斯利斐爾出現。

「翡翠先生！」翡翠詢問聲響起，紫羅蘭清冽的嗓音幾乎同時從走廊另一端傳出。

紫羅蘭小心翼翼地抱著翡翠被偷走的包包，鄭重的態度就好像自己抱著的是一項珍稀的寶貝。

對紫羅蘭而言這的確是寶貝，這可是事關他的恩人此生願不願意吃龍蝦的關鍵！

瞄了眼猶抱胸沉思的瑞比，翡翠替他解惑，「斯利斐爾強迫她自己拿了石頭。」

瑞比恍然大悟，接著露出欽佩的表情，他剛可沒想到還有這招。

入塔者，必須遵守規定。

穿過門，帶著東西，走。

在上層，凡是拿了這邊的東西就會被傳送離開；就算只是一顆石頭，那也是被認定爲縹碧之塔的所有物。

「對那個瘋女人來說，這大概比打倒她還要更讓她氣急敗壞！」瑞比樂不可支地笑起，「太有趣了，她的臉一定會扭曲成醜八怪！」

笑著笑著，瑞比忽然嗆到，他懊惱地拍了下額頭，發現自己開心得太早。

之前噬心者跑掉疑似是提前收到情報，好不容易這回和噬心者面對面了，結果還是這樣的結果。

「……算了，管他的，反正又不是我故意放跑噬心者，那是不可抗力。」瑞比煩惱來得快，去得也快，很快又露出沒心沒肺的笑容，「既然抓不到，就是眞神旨意了。」

「啊，如果你還想抓噬心者的話……」翡翠貼心地提出建議，「可以到頂層。布蘭加，就是剛剛那個女孩子有提到，她的上司好像就在上面。」

「什麼？真的假的？那當然是立刻……」瑞比驀地收斂聲音，側耳傾聽。

走道由遠至近地傳來沉穩的腳步聲。

「遠遠就聽見你低俗的笑聲，瑞比，你似乎心情很好嘛。」蓋恩慢悠悠地從轉角後繞出來，一瞧見自己的同伴身旁赫然還有令他念念不忘的綠髮妖精，他的笑意頓時顯得更真心誠意，「你好，美麗的木妖精，我們又見面了，真高興你沒有受到任何傷害，你的皮膚還是如此無瑕精緻呢。在沒有事先說好的情況下一而再地碰到，這果然說明了我們之間的緣分相當深。」

「是我先遇上翡翠的，幹嘛不說是我跟他的緣分深？蓋恩，你也來得太慢了吧，中層的鴨子拖延你那麼長的時間嗎？還是這層的小偷讓你手忙腳亂？嘖嘖，你這樣子有點狼狽呀。」瑞比嘲弄的視線掃過蓋恩。

蓋恩白皙的臉頰上沾著多道鮮明血跡，襯著他溫和優雅的笑容，反倒添上了一抹詭譎氛圍。

「小偷偷走了我的斗篷，然後半途又跑出一個石像想把我扛走。」蓋恩慢條斯理地說道：「所以我毀了石像，再把幾個不長眼、擋到我去路的障礙清除掉，找回我的失物，再來就是聽見你發出的噪音。」

「石像想把你扛走？你是做人有多失敗啊！像我就沒碰上這種鳥事，就連……」瑞比突然一改神色，「算了，看在搭檔的份上，我就寬宏大量地不嘲笑你的沒用了。」

瑞比這時候才慢一拍地領悟到，自己在上層沒有碰到警報提及的小偷，恐怕不是運氣好，而是被偷走的是他全然沒想過的存在。

——例如據說差點被石像強行扛走的蓋恩。

當然，這不表示蓋恩在瑞比的心裡有任何地位。只不過當時警報一響，正常人會因此受到暗示，反射性思考自己身上最重要的是什麼。

瑞比卻不是正常人，他反其道而行，直接想著他看不順眼的東西，蓋恩的名字正好在其中，也正好身處縹碧之塔內。

瑞比可不會傻到把這事說溜嘴，他若無其事地把槍塞回槍套內，「還有個噬心者在頂層，那我們就去逮他吧。蓋恩，說好要讓我好好發洩一番的，就先打穿他的兩條腿好了，射成篩子應該會很有趣啊，這樣也省得他還想跑。」

蓋恩懶得回應瑞比，他寧願把時間花在和翡翠接觸。可惜他還沒開始動作，他們周遭景象便一陣扭曲，磚牆上開出了一個黝黑洞口，就與他們在中層時曾碰過的一樣。

那是通往更上一層的入口。

「美麗的人優先，請你先走吧，翡翠。」蓋恩充滿紳士風度地讓翡翠先通過。

翡翠剛要抬腳踏進，卻撞上了一層無形障壁。他摀著撞疼的額，茫然地看著面前的黑色洞口，不明白自己爲什麼進不去。

「怎麼了？」瑞比毫無窒礙地進入，狐疑地扭頭看向還在外邊的翡翠，「你幹嘛還杵在那？」

「翡翠先生，剛剛好像是無法進入……」紫羅蘭細心地注意到細節，「爲什麼呢？被偷走的東西不是都找回來了？」

「因爲他的東西還在你手上。」斯利斐爾冷冰冰地拿走紫羅蘭手上的背包。

翡翠後知後覺地反應過來，自己的背包還在紫羅蘭懷裡。

嚴格來說，這的確還不算找回被偷的東西。

將背包重新揹上，翡翠這次順利無阻地踏入。包裡的金蛋似乎發現自己再次回到翡翠身邊，忍不住興奮地蹦了蹦。

翡翠隔著背包摸了摸橢圓的蛋殼，感覺最上方的金蛋主動地蹭起他的掌心，那感覺癢癢的，好似還帶著一股溫度，一路竄至他的心裡……

最後在他的心房深處，化成一簇小小的火苗。

✣✣✣

光可鑑人的雪白地面是用大片無接縫的石材鋪成，散發冰涼的感覺。

艾奇里德坐在牆邊，盤著雙頭蛇的法杖被他擱在一旁。他的雙手正有條不紊地編織著草人，面前已經整齊排列著四隻大約巴掌大的草人。

包含他手中還在製作的，這些草人們各有簡單特色，紮紅圍巾的、別小花的、繫領結的、戴禮帽跟戴仕女遮陽帽的。

這幾隻草人擺在一塊，就好像是一家子。

這裡是縹碧之塔的頂層，也是傳說中可以獲得伊利葉遺產的地方。

放眼望去，就像來到一個遼闊的白色平台，銀白的牆壁環立四周，宛如平滑湖面的地板則清晰地倒映出懸浮在高空的翠碧光字。

進行廝殺，

向縹碧之塔證明價值，

直到

艾奇里德將第五隻草人放在地上，仰頭看了一眼上頭閃閃發亮、強烈彰顯存在感的光字。從他登上頂層到現在，光字未曾改變，「直到」兩字的後頭也依舊一片空白。

艾奇里德只能猜測，也許要先達成前段條件，才有辦法進一步得知後續。

只不過問題來了，他只有一個人，是要跟誰廝殺？

他甚至替詛咒草人注入魔力，試著讓它們你死我活地對打一場，看是否能鑽漏洞。

很顯然地，不行。

艾奇里德有些後悔搶走布蘭加的玉米粒了，早知道就讓她也跟著上來，再殺了她達成條件。

現在他只能耐心地在這等候其他人出現。

等待是乏味的，因此艾奇里德在做完兩隻對打用的草人後，乾脆擴大草人家族，還玩了一場自導自演的扮家家酒。

他不想再玩一場，所以改做起第五隻草人，然而頂層還是沒有其他動靜出現。

艾奇里德流露一絲厭煩乏憊的表情，忍不住想遷怒那些動作遲緩的尋寶者。要是他們動作能再快一點，他就可以擺脫這足以逼死人的無聊，或是能讓他的傳音蟲利用他們通關時開啓的通道，在多方之間傳遞情報。

現在沒有傳音蟲通風報信，他便無法掌握底下目前的狀況，自然也無從得知布蘭加等人成功了沒有。

……還有神厄。

艾奇里德用舌尖抵抵上顎處，冷笑一聲。神厄死纏不放，像嗅到腐肉味的鬣狗，這次就讓神厄進得來出不去。

不過在這之前，也得要神厄的傢伙滾上來才行。動作也太慢了吧，是半路拉肚子嗎？還是說神厄現在都變得如此差勁了？

艾奇里德暴躁地在內心腹誹的同時，前方驟然有了變故，空氣裡像平空裂開縫隙，黝黑的裂口一下擴大。

艾奇里德迅速收起草人，拾起自己的雙頭蛇法杖。不出他所料，那個漆黑的洞口內有人影踏了出來。

一、二、三、四、五，其中就包含著被他們噬心者視為首要目標的木妖精。

「總算讓我等到我以外的人了。」艾奇里德慢慢地揚起微笑，瞇細的瞳孔底處蟄伏著狠毒，「雖然對我來說太慢了，但比起其他人，翡翠你的速度仍然稱得上快。」

自己的名字從一名陌生人口中喊出，在翡翠看來是一件挺奇妙的事，感覺自己好像在不知道的時候變成了名人。

而在縹碧之塔的頂層，能夠喊得出名字、似乎認識他的人，顯然就只有……

「噬心者！」瑞比笑得狂放，抽出腰間的槍就朝艾奇里德扣下扳機。

槍聲瞬響，子彈卻沒有如瑞比預估的打中目標。

不是艾奇里德反應快，畢竟他也沒想到他話還沒說完，敵方就毫無預警地先動手。

而是懸掛在上空的翠碧光字迅雷不及掩耳地竄下，延展成一片薄霧。

射進霧裡的子彈就像石沉入海，再也沒有後續動靜。

「瑞比，你太衝動了。」蓋恩給了譴責的一眼。

「哈，難不成還要等雙方禮貌問候完才開打嗎？」瑞比不以爲然地吹散槍口處的縷縷白煙，沒有再貿然開第二槍。

在眾人的警戒等待中，那片古怪綠霧重新聚攏，回復成一個個發光大字，飛升到最頂端，宣告著這一層樓的通關規則。

艾奇里德瞳孔收縮，握著法杖的手指猝然收緊，胸腔內像有一股鬱氣憋著，想要衝出他的喉嚨。

他一個人待在這裡時，規則分明是「進行廝殺，向縹碧之塔證明價值，直到……」

爲什麼現在卻變成了另一個樣？

搶奪遊戲即將開始。

只准靠自身的肉體力量搶得寶石。

誰先搶到，誰就是優勝者。

艾奇里德差點沒將自己的法杖捏出裂痕。他在頂層枯等那麼久，就因爲沒有另一人和他進行廝殺，好不容易人來了，先前的規則說推翻就推翻。

他心裡惱火，面上卻是不顯，唯有眼裡的冷意更盛。

翡翠仰頭看著那些閃閃發亮的綠字，「搶奪？那總要有東西讓我們搶吧。」

彷如呼應他的疑問，他話聲甫落，那些浮在他們頭頂上的光字再次轉換了外觀，赫然凝成一顆碩大的寶石虛影。

即便只是虛渺的影子，光華依舊璀璨迷人，彷彿無時無刻都在挑撥著人內心深處的貪欲。

「伊利葉的遺產……」艾奇里德喃喃地說。

綠寶石轉動一圈，體積倏地縮小如翡翠印象中的籃球，下一秒矯若遊龍，在偌大的白色空間裡急速蹦竄。

綠寶石的這一跳，瞬時像在平靜的水面扔下大石，激起劇烈的浪潮。

翡翠動作最靈敏。

就算一路登塔耗去他不少氣力，但精靈的種族天賦讓他在速度和體能上依舊有著優勢，他搶先眾人對著空中的綠寶石一個飛撲，卻沒有成功。

瑞比的槍口對著他噴吐出子彈，讓他只能硬生生地改變軌道，差點像隻青蛙趴在地板上——說是差點，是因爲斯利斐爾及時拽住了他的一隻手，阻止讓精靈王顏面盡失的慘劇發生。

「抱歉啦，翡翠，伊利葉的遺產可不能讓給你。」瑞比笑得沒心沒肺，「不過你也別擔心，我就算開槍，也不會眞的把你打殘的，頂多流點血而已。」

翡翠撇撇唇，沒有試圖利用言語改變瑞比的打算，甚至對對方槍口迅速轉向自己的舉動也沒有太大錯愕。

認眞算起來，瑞比和蓋恩終究也是半途遇上的陌生人。

至於紫羅蘭，這就比較難定義……翡翠其實到現在都摸不清這人到底是想報恩還是報仇？

假如紫羅蘭能聽見翡翠的內心想法，他一定會憂愁地蹙起眉頭，傷心自己的恩人爲什麼不願意相信自己的一片眞心？

不過不管他有沒有聽見，這都不妨礙他爲了翡翠，投入這場強奪寶石的追逐戰中。

「翡翠先生，讓我幫你！」紫羅蘭的指尖往虛空一劃，凝出的一片水氣包圍住空中飛竄的綠寶石。

眼看水氣就要凍成冰，直接斬斷寶石的逃脫，讓它只能往地面直墜——

說時遲、那時快，那片凝成的冰霧撞上了寶石周圍突生的淡綠薄霧，反倒一口氣被吞吃得一乾二淨。

下一秒，那片消失的冰霧居然從空間另一角落平空出現，落在地上砸出一道脆響。

聯想到瑞比之前射出的子彈也是同樣狀況，蓋恩心中頓時有了猜測。他抽出字符貼上手杖，炎系魔法發動。

烈焰如箭矢急追寶石而去，可就在即將觸及的前一刻，霧氣再度湧現，炎之箭跟著消失無蹤。

接著再從遠端冒出，撞上了銀白壁面。

這幕讓眾人靜默片刻，緊接著領悟到「只准靠自身肉體力量搶得寶石」的含意。

一旦用上「自身肉體」以外的手段，那些淡綠霧氣就會冒出。

綠霧並不是把攻擊抵銷，而是像開啓了通道，將力量直接移轉到其他地方。

艾奇里德反應極快，既然魔法和武器不能用在寶石上，那麼就用在其他競爭對手上面吧。

他嘴唇輕啓，低聲地吐出一串咒語，收在懷裡的草人暗中被扔了出去。

翡翠等人驚覺到不對勁，是在發現自己的雙腳霍然像生了根一樣，緊緊被黏在地面上的時候。

他們下意識使勁，想把腳拔起，然而兩條腿都不聽從命令，就連雙手也動彈不得。

翡翠低下頭，看見自己的影子上不知何時坐著一隻巴掌大的草人。它的兩隻腳沒入了影子裡，形成詭異的畫面。

不只他，其他人的影子也都各被一隻草人壓制住。

「是縛影術。」蓋恩還能冷靜地分析，「可以短時間剝奪人的行動力，除非受到外力衝撞。」

「這時候誰要聽你解釋！」無法舉槍讓瑞比情緒格外暴躁。他設想過多種死法，但拒絕這種毫無抵抗能力的，這未免太丟他的臉。

一封住翡翠等人的行動，艾奇里德的法杖自動往前浮空，盤踞在頂端的雙頭蛇猶如活了過來。

它們眼珠幽亮，兩條蛇信嘶嘶吐出，詭異的黑影從它們嘴裡絲絲縷縷地湧出，很快環繞在艾奇里德周邊。

比起搶那麼一丁點的時間去追逐那顆飛不停的寶石，還不如一勞永逸地把礙事者全都殺了。

只要留下木妖精和……

不須多想，翡翠都能猜出那男人大概要施放出能讓他們一口氣團滅的大招了。他飛快瞥向斯利斐爾，毫不意外地見到對方的後腳跟輕易抬起。

身爲眞神代理人，斯利斐爾壓根就沒有受到縛影術的束縛。

翡翠正要在腦海中對斯利斐爾下達指令，一道流水般的清冷聲音無預警打斷了艾奇里德的唸咒。

紫羅蘭輕聲細語，「只能剝奪人的行動力，對吧。」

第12章

那是在一剎那發生的事。

纖長、給人弱不禁風感的紫髮男人前一秒還站在原地，下一秒他周身白光瞬閃，光裡的影子急遽膨脹。

在場眾人甚至還沒意會到發生什麼事，便已遭到強橫外力撞飛出去。包括臉色驟變、想急退卻來不及的艾奇里德。

翡翠重生到這個世界忘了很多事，但有些事仍難以忘懷，例如美食美食美食美食美食美食美食……以及被大卡車撞上的感覺。

眼下他似乎又重溫了一次那個滋味。

他的腦子尚無法好好運轉，整個人就撞到了銀白牆上，後腦猛烈磕上了硬實的壁面。劇痛在腦中爆炸開，他眼前登即一黑，頭暈與噁心感緊接而來，多幀破碎的畫面在腦海內稍縱即逝。

少了字的　星高中校門口……

被抹去臉孔的黑西裝男人……

斷裂的後照鏡裡映出了模糊的黑色長髮人影……

翡翠想要再進一步捕捉，但它們就像滑過指縫的流水，一眨眼什麼也沒剩下。

前胸和後背的疼痛緊接著如大浪洶湧拍上，拍得他頭暈腦脹，嘴裡湧上血腥味，不確定是咬到的，還是被撞得內臟受損。

這一撞，確實讓人擺脫了縛影術的限制，可也讓五臟六腑差點移了位。

翡翠覺得自己就像是被人一把拍上牆壁的可憐蚊子，讓他感到安慰的是，淪落到同樣境地的不只他一人。

他大力眨眨眼，看見瑞比等人的同時，身子也從壁面上快速滑落下來。

如果不是斯利斐爾在千鈞一髮從中攔截，他大概要摔在地上，然後可能還會聽到自己骨頭斷裂的聲音。

翡翠不介意被公主抱，這絕對好過受到二度傷害，但抱他的那傢伙要是可以別露出一臉嫌棄的表情就更好了。

斯利斐爾看向自己的眼神，簡直像在看弄髒的白手套，還是下一秒就會被他隨意丟棄的那種。

好在他沒忘記要是眞的再鬆手，就白費他前來救援的精力，「您能站嗎？」

「應該可以。」翡翠由衷慶幸自己這具身體是屬於精靈族的，否則依方才他體會到的力道，普通人就算沒半殘也會斷不少根骨頭。

被外力撞開、因而解除縛影術的瑞比和蓋恩站了起來，他們臉上還帶著迷茫。可很快地，那份茫然轉爲震驚。

耀眼的白光完全褪去，顯露出將翡翠他們粗暴撞飛的凶手。

一隻尺寸、噸位都相當驚人，簡直像是座蒼藍色小山的巨大雙水龍蝦。

背部像山脊綿延起伏，形成流暢的線條，表面瑩亮富有光澤，邊緣呈現澄澈的半透明；靠近上層的銀色斑點恍若星星閃爍，身下的多對步足差不多都有翡翠的高度。

翡翠瞠目結舌。他知道紫羅蘭的原形是龍蝦，可他沒想過這蝦能變得那麼大……未免大過頭了，這可以吃上多久啊！

「操，這什麼鬼？爲什麼會有大得這麼離譜的蝦子！」瑞比忍不住揉揉眼睛。

「翡翠先生。」屬於紫羅蘭的獨特嗓音從巨型雙水龍蝦方向傳出，「我會爲你搶到寶石的。」

「寶石」兩字如同水滴墜入沸騰的油鍋，打破眾人目睹巨蝦的驚愕，連帶地也讓他們回想起被巨蝦拍飛之前正在做的事。

那顆寶石……

大魔法師伊利葉的遺產！

所有人即刻又動了起來。

艾奇里德當初站得遠，頂多是被擦邊彈飛，身上捱受的疼痛比其他人輕一些。他朝翡翠那方掃視一眼，搶先一步往寶石衝了過去。

「那隻蝦是那個海族變的？爲什麼能那麼大？」瑞比把自己脫臼的手臂猛力一扳，讓錯位的骨頭回到原位。

「據說四大海族中，只有皇族才能擁有巨大尊貴的身軀。」蓋恩也朝寶石邁出步伐，但速度不快。他仔細地拍打著黑斗篷沾到的灰塵，又愼重地檢查暗紅色的內裡是否遭受損壞，彷彿這才是他的頭等大事。

「是哪一海域的？東海、西海、南海、北海？」瑞比嫌蓋恩動作太慢，扔出問題後便一溜煙往前急竄。

「我怎麼可能會知道。」蓋恩也不在乎自己的回答有沒有被聽見，他的眼神掠過了綠寶石，旋即落至艾奇里德身上。

紫羅蘭又豈會讓他們搶在自己之前，身下步足動起，大得驚人的軀體僅往前一挪，便立刻超出艾奇里德許多。他的一隻巨螯猛然朝空中一夾，打算將綠寶石直接攫走。

綠寶石飛行速度瞬時加快，一晃眼躲開了紫羅蘭的大螯。

紫羅蘭想來個靈活的大迴轉，卻在瞬間聽見翡翠拔高的叫嚷。

「紫羅蘭，快住腳！總之停住別再動了！」

否則他們又要被堪比巨型戰艦的大龍蝦給撞飛！

紫羅蘭緊急煞車卻煞不住，眼看事故將要再現，他巨大的身軀瞬即白光一閃——

穿著蒼藍衣飾的紫髮男人踉蹌了幾步才穩住身子。

與此同時，綠寶石的這一閃躲，正好落進了艾奇里德算好的埋伏軌道上。

艾奇里德雙手幾乎抓到了那顆寶石，可萬萬沒想到，寶石會用盡力氣從他收攏的掌心蹦跳出去。

螳螂捕蟬，黃雀在後。

翡翠眼疾手快地解下斗篷，像撒網般罩向了綠寶石，把它兜攏得牢牢的，沒有空隙能逃竄，霎時結束了這場爭奪戰。

艾奇里德簡直不敢相信自己費了這麼一番苦心，到頭來卻是一場空。他再如何能隱藏情緒，這一刻也忍不住破口大罵起來。

翡翠發現似乎不管是哪邊的世界，髒話的內容基本上都離不開生殖器，或是問候別人祖先和家人的。

而一直不慌不忙、看起來更像是在這場追逐戰湊熱鬧的蓋恩，這時眞正出手了。

他手杖輕輕一擊地，發出清脆聲響，貼附在上頭的字符彈指間發揮了效用。

藤蔓無聲無息地從艾奇里德的影子裡鑽出，霍地捆住他的手腳，尖銳的末端驟然再轉方向，快狠準地貫穿他的雙掌。

鮮血汩汩落下，染紅了光鑑的地板。

蓋恩的手杖又一次敲擊地面，從影子裡爬出的藤蔓忽地分出多條，迅速把散落四處的草人捲回來，全數扔到了艾奇里德腳邊。

艾奇里德臉上的表情從暴躁轉爲愣怔不過是片刻間的事。

「居然被你抓到了，那我就負責打爆他腦袋的部分吧。」瑞比愉悅地把玩著手上的槍枝。

「如果你眞的很想寫那份又臭又長的事後說明報告。」蓋恩瞥了一眼過去。

「……那還是算了。」瑞比皺起臉。他最煩這方面的文書工作了，要他寫報告，不如叫他去多打爆幾個人的頭。

翡翠扯開斗篷，親手抓住了那顆綠寶石。

即使是被綁住的艾奇里德，也不由自主地緊盯他手上的寶石，不願錯過任何重要畫面。

翡翠本以爲這顆綠寶石會變大，就像他們在塔外時見到的一樣大。

寶石卻在下一刹那射出光束，直達天花板。

「翡翠先生！」紫羅蘭深怕那顆寶石會危害到翡翠，連忙想把寶石打落。

但在他付諸行動前，翡翠捧在手中的寶石竟開始慢慢轉淡，不消一會，就在眾人眼前消失得無影無蹤。

緊接著空無一物的上方晃漾出一圈圈淡綠漣漪，漣漪中央掉下一個透明的發光體，在接近地面的前一刻放慢了速度，好像有浮力在支撐它，讓它緩緩地停放在眾人的視野當中……

那是一具晶瑩剔透的水晶棺，可以清楚地瞧見一名約十五、六歲的少年躺臥其中。

少年雙眼被紅布遮住，長長的黑髮如鳥羽散開，末端帶著一縷縷緋紅，猶如火焰攀繞在上；大量鮮花塞在棺內，蓋住了他削瘦的手腳。

這一瞬間，翡翠腦中跑出了「白雪公主」幾個字。

啊，不對，這要算白雪王子了吧。

相較於翡翠還能分心，瑞比等人目不轉睛地看著那副水晶棺，每一寸都不放過地細細打量，最後目光落到了棺木上的那一排大字。

我是偉大的伊利葉的遺產。

功能：陪吃飯，陪說話，陪睡覺，不介意的話也可以陪洗澡。

現場一片古怪的死寂降臨。

誰也沒想到，讓眾多尋寶者費盡心力也想獲得的傳說遺產，竟會是一個看起來……

「保母人偶？哈哈哈哈，伊利葉果然是腦子有問題啊！」或許是結果太過荒謬，反倒讓瑞比哈哈大笑，「真想看看其他傢伙見到這玩意後的表情啊，肯定超級精彩的！」

「這是遺產？那……外面那個寶石呢？」翡翠大失所望，絲毫沒有獲得大魔法師遺產的欣喜。眼前的水晶棺就算扛出去，恐怕也難以讓人信服這就是大魔法師的遺產。

況且要陪吃陪睡陪說話的，他都有斯利斐爾了，要個功能重複的人偶幹嘛？

「寶石啊……翡翠，來做個交易如何？那個保母人偶給神厄，然後神厄付你一大大大筆，可以抵得上外面那寶石的錢。」瑞比咧著嘴，「我相信教團的傢伙拚命都會生出這麼一筆錢的。」

不得不說，翡翠被瑞比的條件說得心動。

晶幣還能拿來吸收能量跟塡飽肚子，放個人偶在身邊說不定還得花費精力照顧。

最主要是大魔法師的遺產都出現了，世界意志的聲音卻沒有如期響起，只說明他們還沒完成任務。

世界意志想要的並不是這個。

而且不管水晶棺還是棺裡的黑髮少年，看起來也都不綠。

翡翠還記得他們的任務內容——

請在綠色的塔關閉之前，破完綠色的塔，完成綠色的任務。

「這個我們可以晚點再說。」翡翠沒把話說死，就表示有討論的空間，「我現在比較好奇一件事。」

迎上其餘人的目光，翡翠先對手腳被綁的艾奇里德微微一笑，再朝牆壁比劃一下。

「這裡是塔頂了，不知道能不能從這打破一個洞，然後把他丟出去……我很好奇，如果我把你的衣服扒光再丟出去，下面會不會有人拿著映畫石替你記錄畫面留念呢？」

艾奇里德臉色頓時發青，這手段簡直太惡毒。

「好了，艾德先生，待會就能請你好好享受自由落體的滋味了。」翡翠說。

艾奇里德沒聽過「自由落體」這個詞，但他聽得懂「艾德先生」四個字。

即使在性命被人掐在手裡的時候，他還是忍不住驚訝地笑開了，「你喊我什麼？誰告訴你我是艾德大人的？」

瑞比則是當場愣住，「艾德？爲什麼會提到艾德？」

「噬心者說過，他們是聽從艾德大人的命令，要把翡翠先生抓走的。」紫羅蘭說。

「你不是艾德？」翡翠錯愕地看著艾奇里德。他從一開始就沒懷疑過對方的身分，突來的否認打得他措手不及，「那你到底是……」

「他是艾奇里德。而我，才是他說的艾德大人。」有人將話流暢接下，「我猜你正懷疑那個名字和我是不是有什麼關聯，對吧，瑞比？所以我直接告訴你答案。」

瑞比突然感到身體傳來一陣劇烈疼痛，他低下頭，看見銳利的尖刺從自己肚子穿出。鮮血滴滴答答地沿著尖端淌落，在地板上砸出不規則的放射狀。

被暗算的憤怒像燎原之火席捲上來，但瑞比卻沒辦法做出任何反擊。他的手腳像遭到麻痺，無法順利掌控，身子更是逐漸變得僵直……

蓋恩抽回手杖，頂端處是覆滿鮮血的細長尖刺，笑瞇起的藍眼珠如同玻璃珠剔透，而且冷酷。

下一刻瑞比就像是被剪斷引線的木偶，無力地摔落在地，只能任憑黑暗逐漸吞沒意識。

瑞比一直暗中懷疑神厄裡有人向噬心者洩露情報，對方才有辦法一而再、再而三地及時逃脫。在尚未鎖定目標之前，他不曾向其他人談及自己的猜測。

可他無論如何都沒想到，那個內鬼原來就在自己身邊。

蓋恩．艾德。

蓋恩不喜歡瑞比看他的眼神。

他一直以來都不喜歡瑞比……噢，還有神厄的其他人。

他們無法理解他的品味，也不懂妖精的美妙之處，否則怎會愚蠢到認為噬心者的論點是錯的？

雖然同是神厄成員，但彼此的接觸其實不深，大部分只知表面。

就像他知道瑞比曾是殺手，至於殺了哪些人、當初使用的殺手代號是什麼，就不在他所能得知的範圍。

同樣，瑞比也只知道他曾剝了別人的皮，卻不知道他剝了誰的，又是爲何而剝。

將瑞比拋扔到一邊，蓋恩習慣性又撫摸了幾下自己的斗篷內裡，眉眼溫柔。

再也沒有比妖精更美妙的收藏品了，他們的皮膚遠勝於許多種族。

那些死在他手下的妖精皆膚若凝脂、滑如白玉，觸感實在令人愛不釋手。他特地做了多道加工，讓它們能長期保持完美。

可惜路那利離開了神厄，不然他就有機會成爲自己第一個非妖精族的收藏品。

不過現在，有更好的了……

蓋恩灼熱黏膩的目光掠過翡翠，旋即落到了艾奇里德身上。

兩人視線對上，艾奇里德即刻會意。

正如同蓋恩的偷襲猝不及防，艾奇里德此時的攻擊也來得突然。

纏捆在他身上的藤蔓不知何時鬆脫了，他手指一動，積在他身下的鮮血頓如活物，有如數條暗紅毒蛇亮出獠牙，朝翡翠眾人襲去。

抓住翡翠幾人下意識退開的機會，艾奇里德拾回了他的雙頭蛇法杖，字符貼上，他大聲吟唱。

那些散落在他腳邊的草人吸飽他的鮮血，化爲不祥的血紅色。隨著吟唱聲拔到最高昂，屬於暗系的魔法發動——

魔影傀儡！

草人瞬時起了詭異變化，成為一道道瘦長、裹著斗篷的人形。

斗篷下的臉孔一團血紅，兩個窟窿裡燃著白色焰火；從斗篷下伸出的手暗黃乾枯，像是一縷縷乾草紮綁而成，手裡握著一根法杖。

雖名為傀儡，可它們一個個都有著中高階級魔法師的實力。

蓋恩一個手勢，艾奇里德馬上領會。在他的一聲令下，草人化成的傀儡霎時有了動作。

四條人影快如鬼魅地包圍向斯利斐爾，剩下的一名傀儡則與艾奇里德聯手，盯住了紫羅蘭。

至於翡翠，自然是屬於蓋恩的獵物。

「翡翠，我願意讓你單獨成為一件衣服。」蓋恩掛著溫柔的笑，像在訴說著情話，「這是殊榮喔，其他妖精都是一起成為我身上的衣服的。你看，我的斗篷很美吧。」

翡翠花了幾秒才領悟過來蓋恩的意思，那竟然是件人皮斗篷！

他的眉頭立即厭惡地擰起，看向蓋恩的眼神就像在看一個發霉還餿掉多天的食物。

這種垃圾就該扔進餿水桶裡，還留在外面幹嘛？

翡翠連多回一句都不願意，他沒興趣和垃圾浪費時間聊天。

他二話不說抽出斗篷下的雙生杖，迷你木杖變爲充滿攻擊性的碧色雙刀。

他不擅長魔法——更正確的說法是沒有斯利斐爾的幫忙，他至今還沒獨自使用過魔法——一開始採取的計畫就是近身戰。

爭取時間，速戰速決！

翡翠像顆出膛的子彈，眨眼逼至蓋恩身前，揚起的長刀挾帶凜凜氣勢劈下。

蓋恩的反應也不慢，手杖接下了正面迎來的刀擊。

身爲教團底下最鋒利的刀，蓋恩不只擅用魔法，近戰能力也絲毫不弱。

他迅速與翡翠纏鬥在一塊，雙刀和手杖短時間內交擊無數次，發出的聲音一次比一次刺耳，也一次比一次令人神經緊繃。

蓋恩沒有錯過翡翠武器的變化，那想必是一把魔法兵器，需要長時間注入魔力。

蓋恩可沒忘記這座塔會吸取入塔者的魔力和體力。

既然如此，時間拖得長了，綠髮妖精就會疲態盡出，繼而顯露敗勢。

蓋恩算盤打得好，只不過他有一點估算錯誤——翡翠的雙生杖並非依靠魔力變形。雙生杖等同於精靈的分身，隨時隨地都能遵照主人的意志改變外觀；當然種類還是有數量限制的，不是想變什麼就能變成什麼。

這誤判的結果，導致他們的纏鬥根本不是一時半刻間就能結束。

見自己的救命恩人被人糾纏不放，紫羅蘭哪可能按捺得住，偏偏艾奇里德和傀儡擋住了他的去路，不讓他有脫身的機會。

紫羅蘭眉眼染上冷意，指尖上亮起螢藍光點，轉眼凝水成冰，多枚冰錐凶猛射出。

傀儡的動作極快，直接以身為盾，擋在艾奇里德前方，任憑冰錐刺穿自己毫無痛覺的身軀。

傀儡握緊法杖朝紫羅蘭衝上，它的軀體是由草人、鮮血和魔法構成，無論是水流或寒冰，對它的傷害都不大，無法阻擋它攻擊的腳步。

位於後方的艾奇里德即刻舉高法杖，炎系咒語在他舌尖上漸漸成形。

當傀儡被紫羅蘭逼退的瞬間，燃燒熾烈的火焰飛快迎了上去。

大大小小的火球如驟雨砸下，碎火跟著四濺，一不小心就會沾到衣上，緊接著便是皮膚被火舌舔舐。

艾奇里德早就聽說過海族的獨特之處，他們不須唸咒就能動用水元素，操控水就像呼吸一樣平常。

但他們也只能操控水而已。

在確定自己要和那名海族對上之際，艾奇里德已擬定好了計畫，只要周圍水氣大幅減少，對方便會自動落入困境。

炎系魔法就是最好的壓制手段。

艾奇里德召喚出的魔影傀儡沒有痛覺和情感，自然也不會害怕紫羅蘭的反擊。它成了最好的盾牌，接二連三地替艾奇里德攔下攻擊。

一旦傀儡被逼得退下，就換他發動準備好的魔法。

而這個過程中，也讓他的魔影傀儡有足夠時間醞釀下一波的魔法攻擊。

對他來說，有著明顯弱點的紫羅蘭反倒好對付，更何況對方在有了先前的教訓之後，也不敢隨意恢復原形。

除非對方想連自己的同伴一塊波及。

層出不窮的炎系魔法將紫羅蘭環繞住，不給他喘息的空間。

緋紅、赤紅、艷紅、橘紅，一波又一波的火焰宛若起起伏伏的多層炎浪。

炙熱的高溫不斷蒸發附近的水氣，他們這一區溫度也一再往上攀升，簡直像身處在一座大型烤爐之中。

沒了足夠水氣，紫羅蘭的攻擊威力頓時被削弱幾分。

與此同時，斯利斐爾被四名傀儡包圍，相當於有四名強悍的魔法師聯手圍攻他。

在艾奇里德看來，比起紫羅蘭，真正棘手的恐怕還是斯利斐爾。

那個銀髮男人似乎像條影子總跟在綠髮妖精身邊，從對話上，可以判斷出他們的主從身分。

可縱使那男人存在感薄弱，彷彿一不留神就會被忽略，但艾奇里德的直覺告訴他，對方絕對不容小覷。

因此他才會直接撥四個魔影傀儡對付那人。

縹碧之塔會無聲無息地吸取眾人的魔力和體力。

傀儡的魔力會減少，但它們不會疲累，它們的速度和反應不會隨著時間流逝而變得遲鈍。

不管那個銀髮男人有什麼手段，只要時間拉長，他必定會筋疲力盡，最後也只能敗於魔影傀儡之手。

傀儡們將斯利斐爾的去路全數封住，它們齊齊誦唱咒文，元素被調動，形成了足以造成重創或致命的攻擊。

火炎、冰刃、旋風、落雷，不同屬性的魔法接連在斯利斐爾身邊炸開。

然而他就像可以預知那些法術的軌跡，每一次都能分毫不差地閃過。

更甚者，傀儡稍有唸咒的端倪，就會被他識破，接著打斷。

攻擊如果無法成形，那也就無法對目標造成傷害了。

「這……不可能……」艾奇里德太過關注斯利斐爾的狀況，一時的分心，終於讓自己付出了代價。

一枚尖細冰針躲過了防禦，成功貫穿艾奇里德的身體，轉眼又融化於他體內。

那不是太大的傷口，冒出的血量也只染紅衣服一角。

紫羅蘭要的，也僅僅是這樣。

「你知道還有哪裡的水最多嗎？」在高溫烘烤下，紫髮男子臉色蒼白，看起來更顯瘦弱了，但他的聲音仍是沉靜得不可思議，像夏天沖刷過溪石的流水，琮琤清冷，「在人的體內。」

艾奇里德睜大眼，凍徹心扉的寒意在他體內爆開，一口氣凍住了他的生命跡象。他的眼睫、髮絲、皮膚很快覆上白霜，從口中吐出的最後一口氣也凝成了白霧……

但魔影傀儡的行動沒有因此畫上休止符，除非將它們徹底殲滅，否則操控者的死亡並無法讓它們停下。

紫羅蘭知道自己必須拖住傀儡的腳步，不能讓它轉向針對翡翠。

就在艾奇里德殞命的同時，對上蓋恩的翡翠已成功扭轉局面，眼看勝利在望，蓋恩眼底卻閃過了陰戾，一個風系魔法的咒語在翡翠毫無所覺中悄然成形。

說時遲、那時快，壓制在蓋恩身上的翡翠被重力擊飛出去。

那一擊，堪比一個沉重硬實的大槌對著他迎面揮來。他撞上了後方壁面，猛烈的暈眩和耳鳴一塊迸發，讓他一時做不出其他反應。

蓋恩自然不會錯失這個大好機會。

他非常、非常喜歡翡翠的長相和皮膚，但活著的翡翠眞的太礙事了，收藏品還是要安安靜靜地才能展現美麗。

或許他的攻擊會稍微粗暴點，在翡翠的身體留下一個大洞，體內也會被破壞得亂七八糟。

不過屍體修補後依然能重現那份完美，屆時他便有充裕的時間，用手指充分地體會到那份美好與細膩。

蓋恩嘴角盛著笑意，淺色的眼珠裡盡是陰寒。

他手指一彈，手杖頂端尖刺彈出，匯集的電光迅速包圍在它周邊。熾亮的白光劈啪作響，下一瞬化爲暴烈子彈，朝空隙大開的翡翠迅急射出——

☆紫羅蘭服飾☆

紫羅蘭為海族皇族，真身是雙水龍蝦。
化身為人時是個柔弱的大美人！
一身紫藍色和風服飾，皇家氣質滿點。

第13章

聽說人在面臨死亡之際，過往記憶會像跑馬燈在眼前浮現，但翡翠什麼都沒看到。

他沒有過去的記憶，就連找回的渴望也沒有。

對他來說，當一個人急切地想找回什麼，前提必須是曾得到過。可他什麼都不記得了，自然也就談不上擁有過。

他在這個新世界什麼都沒有。

翡翠倚牆喘氣，他知道自己這次躲不過了，心裡沒有太大的波動，冷靜地準備迎接第二次的死亡。

他可以聽見斯利斐爾短促的喊聲，紫羅蘭驚慌失措的吶喊。

「主人！」

「翡翠先生！」

可他無論如何都沒預料到，背包的袋蓋會在電光石火間被衝撞了開來，三抹金黃色影子像流星竄出，阻擋在他與蓋恩的攻擊之間。

翡翠瞳孔遽然凝縮，鎮靜的面具被打個粉碎。

那是一瞬間發生的事，可映射在他眼中卻宛如被放慢了無數倍。

三顆金蛋就像一層最堅固的防護網，攔截下纏繞電光的尖刺，任憑凶猛的威力全數衝擊在它們之上。

熾白色的電光轟地炸裂，激盪出一陣劇烈波動。

電光消散後，斷裂成數截的尖刺鏗鏘落地。

翡翠一時之間無法思考，大腦除了空白還是空白，可身體本能先有了動作。他接住落下的金蛋，手指不自覺發顫，轉眼那股哆嗦蔓延到整條手臂。

他必須用好大的勁，才有辦法把三顆蛋都圈圍得牢牢的。

瑪瑙是首當其衝面向攻擊的，它的情況也最爲慘烈。

燦爛的色彩一下子褪成了缺乏生機的灰白色，襯著上頭遍布的裂紋與頂端裂口，就好像隨時會承受不住而崩潰解體。

珍珠和珊瑚也只比它好上一些。它們雖然仍維持著金色，可光澤與彩度以肉眼可見的速度黯沉下去，再也不復以往的閃耀。

翡翠呼吸一窒，胸口彷彿有什麼應聲碎裂，滲溢出又苦又澀的液體，瞬間好似又淹到了眼眶。

它們保護了我……爲什麼？

我明明什麼也沒爲它們做過，最多只是依照斯利斐爾的交代，給予它們……

難道就只是爲了那份虛幻又不實際的愛嗎？

那種飄渺的東西，摸都摸不著，就僅僅是這樣……就寧願……

看起來奄奄一息的三顆蛋突地動了一下，冰涼的蛋殼輕輕蹭過翡翠的手，就像小動物在努力地表達親暱。

然後便再也沒了動靜。

殘留在手上的那縷冰涼立時席捲全身，翡翠沒發現自己的眼裡蓄起了水氣。

他想要緊緊抱住懷中的三顆蛋，又深怕力氣一大，會加快蛋殼崩裂的速度。他害怕看見破碎的蛋裡只剩沒了氣息的小小身影，或是什麼也沒有留下。

蓋恩顯然也沒想到會突然出現這個變故，臉上露出短暫怔愣，很快又轉爲惋惜，

「眞奇妙的東西……會護主呢。那是你的某種魔導具嗎？不管怎樣，只好再來一次了。」

胸腔的酸苦驟然轉為燃燒的毒液，翡翠眼裡第一次浮出了狠厲。他的眼神像淬了毒的箭矢，恨不得狠狠扎進蓋恩體內。

「你怎麼敢？它們是我的……！」

是了……它們是屬於他的。

是他來到這個世界上後，得到的、眞正擁有的東西。

但蓋恩卻想毀了它們！

憤怒讓他的腦袋如岩漿沸騰，他想要傷害蓋恩，他想要狠狠傷害那個對他東西動手的人。

一切都像是在本能催動下做出的行為。

他回想起那一日被斯利斐爾支配身體、執行魔法的過程。

他完美地複製了每一步。

魔力槽開啓，確認；魔力使用，確認。

「風系第一級初階魔法——風之刃。」

淡綠氣流頃刻衝出，化作一把鋒銳刀刃直劈向蓋恩。

只不過比起當日斯利斐爾施放出來的風之刃，威力仍是過於弱小。

蓋恩搖搖頭，避開這道攻擊對他而言輕而易舉。

喪失目標的風刃劈上了蓋恩後方的光滑壁面，留下一道不算深的裂縫，縫裡溢出晶綠的光。

幾乎在牆壁迸裂開的一瞬間，翡翠張大眼，與斯利斐爾對上了視線。

令人聯想到機械合成的無波聲音在雙方腦海中陡然冒出。

「任務發布，請在閉塔前，吸收完晶礦的所有能量。」

爲什麼是這個時候出現？翡翠沒有餘力去思考這個問題，他目不轉睛地盯緊縫隙內的綠光。

在他獲得的知識裡，晶礦是晶幣的原石，換句話說——

翡翠大叫，「斯利斐爾！」

我的身體讓你用！

蓋恩反射性扭頭，該在他後方的銀髮男人卻不見蹤影，四個草人一時陷入了混亂。

再回過頭，他依然沒看到斯利斐爾，就好像對方平空消失了。

直覺讓蓋恩採取了下一波攻擊行動，原本負責對付斯利斐爾的草人立刻轉向翡翠。

蓋恩解下斗篷，在自己的虎口上咬開一個洞，鮮血被快速地抹在斗篷的暗紅內裡。

每一塊縫繫其上的人皮全都沾到了他的血液。

蓋恩急速誦唱，豆大的汗水越滲越多。他吐出的每個音節像在互相追趕，一字剛滑出舌尖馬上被另一字蓋過，乍聽之下如同怪誕難辨的歌謠。

肉眼可見的黑氣從一塊塊人皮鑽冒出來，匯聚成一條條扭曲人形。

翡翠瞳孔邊緣染上一圈鮮紅，彷若紫水晶被紅寶石圈圍住。

不同於以往，這一次他可以清晰地感覺到，身體的支配權依舊屬於他。他不再像是個旁觀者，能隨心所欲地行動，但每一個舉動都受到精準調整。

他一手抱著三顆蛋，一手握住變成長槍的雙生杖，迅急往後方牆壁刺下。

他可以看見裂口裡同樣滲出了碧光。

然後，可以盡情地操控力量。

「風系第一級初階魔法——風之刃。」

相同的魔法再次出現，面對密麻的數十條黑影，淡綠風刃顯得勢單力薄。

翡翠嘴唇開闔，成串音符從他嘴裡流洩出來。

「速度增幅，威力增幅，目標鎖定，傷害鎖定，擾亂無效，準備撕裂割裂爆裂破裂斷裂碎裂——」

他嘹亮的聲音迴響在縹碧之塔頂層，進入了紫羅蘭與蓋恩耳中。

他們不可思議地看著那道綠色氣流變形脹大、越來越大，看著綠髮青年面無表情地抬起手。

「發動。」

即使過了很久很久之後，紫羅蘭覺得自己也一定不會忘記此刻的這一幕。

巨大的碧色風刃轉瞬間一化爲多，它們發出尖銳的聲音呼嘯而過，像在狂歡，像在肆無忌憚地肆虐，又精準地避開並非敵人的存在。

它們繞開了紫羅蘭，繞開了瑞比和那副水晶棺，如同最蠻橫的風暴，衝進了蓋恩的黑色軍隊當中。

風系元素的暴力被發揮得淋漓盡致。

它們遵循綠髮青年的指令，將除了蓋恩以外的敵人撕裂割裂爆裂破裂斷裂碎裂——在紫羅蘭和蓋恩眼中，那些傀儡有如被扔進旋轉劇烈的扇片，一下被絞得粉碎。

蓋恩被逼得無法動彈，那些風刃就像是故意貼著他身周擦過，乍看下沒有做出實質攻擊，可只要他的動作稍微大一些，就會自動把自己送進風刃的絞殺之中。

假如風有聲音，那麼此刻它們一定是發出惡劣的大笑，靈活地繞著蓋恩打轉，像貓在戲弄老鼠。

蓋恩寒毛直豎，顫慄竄上了他的腦門，面前的一切徹底超乎他的想像。

在場上蹂躪所有事物的風刃彷彿永遠不會止歇。

澎湃的能量有如前仆後繼的潮水，不斷流入翡翠體內。

在斯利斐爾的引導下，他感受到魔力的遊走，沖刷過他的四肢百骸，再回歸於他的魔力槽，轉換成力量。

隨著牆縫內綠光急遽暗下，地面、牆壁、天花板跟著竄出一條條細縫，裂縫逐漸加大加長加粗，像是大面積的蛛網蔓延開來。

面對自己造成的一切，翡翠的神情平靜到近乎冷漠，唯有目光觸及自己懷中的三顆蛋時，才回復了以往的鮮活。

他將三顆蛋小心翼翼地收入背包，耳邊似乎再次浮現眞神沉穩中含帶慈憫的話語。

「你會害怕嗎？」

他曾經以爲他不會害怕。

「你應該要害怕。」

他現在懂得害怕了，因爲他有了重要的存在。

他害怕會失去，所以無論如何都要保護住。

「你是什麼……你到底是什麼！」蓋恩失了沉著，神情駭然中透著一絲狂熱，眼底深處燃燒著貪婪。

他從沒聽說過木妖精能擁有如此驚人的力量。

近百年以來，能夠創造或是改造魔法的只有伊利葉一人。

伊利葉究竟是屬於妖精族的哪一個分支，至今依舊無人知曉。

難道說，面前的綠髮青年和伊利葉……

翡翠明明坐在地面，可他的眼神卻高高在上，彷若睥睨一切。他豎起食指在唇邊，輕輕地「噓」了一聲。

所有氣流霎時匯聚一塊，再分裂成兩股。

巨大的碧色風刃迅雷不及掩耳劈出，快得連肉眼都捕捉不到。

蓋恩確定自己連眼都沒眨，然而風刃已消失在他的視線中，他身後傳來爆裂般的聲響，同時，駭人的痛楚從他兩邊肩胛爆開。

縹碧之塔的頂層被破開了兩道裂縫。

蓋恩的兩條手臂從肩側齊齊斷落，過於平滑的斷臂切面直到好一會才噴灑出鮮血，溫熱且充滿腥氣的液體大股大股灑墜在地面。

蓋恩的號叫聲被另一陣震響蓋了過去。

不知不覺，像葉脈縱橫錯落的裂縫已遍及整片頂樓地面，最先塌落的是瑞比和紫羅蘭他們那方區域。

事情發生得太快，先不提陷入昏迷的瑞比，饒是紫羅蘭也來不及反應過來，只覺腳下一空，他的眼裡盛滿錯愕。

巨大的漆黑裂口像是深淵，要把他們吞噬。

翡翠反射性伸出手，似乎想要抓住他們，但前所未有的疲倦席捲上來，他的身體不受控制地往地面倒下，視野內的景物變得模糊。

「確認，能量獲得，宣告，法法依特大陸距離……」

「您這次做得不錯，接下來就由在下接手吧。」

在翡翠意識斷裂前，他聽到了世界意志和斯利斐爾的聲音同時在腦海中響起。

那還是他第一次聽到斯利斐爾用稱得上溫和的語氣和他說話。

翡翠在縹碧之塔內大幅吸收能量之際，塔外也出現異常變化。

頂端傳出震耳欲聾的爆炸聲響，巨大的裂口隨之出現，緊接著人面獅身像光滑的表面裂開更多驚人紋路，一條條裂痕在短時間內加長加深，遍布至全身。

突來的變故讓聚集在塔外的人們起了騷動，他們交頭接耳，對蔓延無數裂紋的縹碧之塔指指點點，緊接著形成了震驚的喊聲。

縹碧之塔竟然崩解了。

翠碧的人面獅身就像遭到外力衝擊的脆弱瓷器，剎那間四分五裂。

巨大的石塊從頂端砸下發出劇烈響動，逃避不及的人一下沒了蹤影。

碧牆圮倒，更多磚石如驟雨般落下。

無論是仍想進入塔裡的人、想觀看結果的人，或是單純來湊熱鬧的人，瞬間都採取了同樣動作。

他們爭先恐後地遠離縹碧之塔，就怕自己成爲下一個被波及的受害者。

隨著縹碧之塔的瓦解，飄浮在最上方的蒼色寶石也起了變化。

四散人群一抬頭，就看見據說是大魔法師遺產的寶石分解成大量碧光，轉眼間如同流星，朝著不同方向疾速劃飛出去——

「是伊利葉的遺產！」

「它們要到哪裡去？」

「快追！快追上去！」

眾人瞪大了眼，腳步紛紛加快，誰也沒多餘心思在意縹碧之塔爲什麼會突然坍塌，更別說想到那些還在塔內試煉的尋寶者們的生死，個個都恨不得能比他人早一步趕到光點墜落的位置。

縹碧之塔的崩塌非常快速，這座在法法依特大陸上存有百年之久的建築物，不過片刻便化成了一處廢墟。

巨大笨重的石塊重重堆疊，激起的塵沙好一會才終於散去。

被高聳樹木環立的空曠地區化爲一片死寂，偶爾還能聽到小石塊掉落的聲音……

不知過了多久，才又有明顯動靜。

類似拖曳的沙沙聲從石塊縫隙中逸出，接著冒出了灰色的腦袋，凌亂的髮絲沾滿血污和塵土。

蓋恩傷痕累累地從礫石堆裡爬出，失去雙臂的他只能艱困地蠕動前進，身下拖著長長的血漬，就好像有誰拿著濃重的暗紅油漆在他爬過的地方塗劃。

脫離石堆底下後，蓋恩咬著牙，緩慢地撐起身體，直到讓背部倚上石塊，成功坐在地上。

他喘著氣，大失血讓他的臉龐看起來像蒼白的大理石。他神情扭曲，眼神像淬了毒素，最初的紳士氣質再也不復見。

「翡翠……」蓋恩嘶聲地喊，陰冷的語氣如同詛咒，讓人毫不懷疑他口中之人若在他面前，他會動用一切辦法，將對方碎屍萬段。

即使先前再怎麼覬覦翡翠完美的肌膚，此刻蓋恩對那名綠髮青年只有滿滿仇恨。如果不是對方，他也不會落到這種境地……也不會失去他的雙手……

他從來不曾看過妖精擁有如此驚人的力量，操縱魔法對翡翠而言簡直像呼吸一樣簡單。

他的雙臂被風刃撕裂，隨即迎來了縹碧之塔的毀滅，那處潔白的空間像被看不見的力道蹂躪，地面、壁面瞬間被裂痕侵佔。

縹碧之塔的崩潰發生得太快了，他甚至無力逃脫，只能眼睜睜看著翡翠利用風系魔法帶著同伴安全離開。

好在神厄的束縛是扣在他的腳上，否則他早在雙手被攻擊時便即刻死去。但他依然像隻蟲子一樣被丟棄在塔裡等死，危急之際，他看到了那個沒被翡翠帶走的水晶棺。

蓋恩當時如同溺水之人瞧見浮木，盡所能地來到水晶棺邊。

他是在豪賭一把，事後證明他的確賭對了。

既然是大魔法師的遺產，那麼伊利葉一定有在水晶棺上留後手，使之不會輕易遭到損毀。

蓋恩就是藉由水晶棺上被觸發的防護法陣保住性命，最後成功逃出生天。

回想起翡翠當時表現出來的力量，蓋恩的呼吸加重，恨意之下，是欲望和貪婪交織成的漩渦。

絕對要抓到翡翠……只要吃掉他的心臟，那麼強悍的魔力，也都將歸自己所有了！

他可以解除神厄對他下的束縛……獲得更多的收藏品，剝了更多妖精的皮！

還有，伊利葉的遺產仍被壓在這處廢墟下面，他得趕緊聯絡同伴過來……

蓋恩咬著牙，將所剩不多的魔力注入身上僅存的一隻傳音蟲。

很快地，一隻黑色小蟲從他口袋嗡嗡飛起。

蓋恩汗如雨下，汗水混著血水，讓他整個人濕淋淋的，有如剛從水中撈起，「去……去通知其他人，我的身分暴露了，還有伊利葉的遺產……跟那個叫翡翠的妖精，絕對要把他的心臟……」

「你想對妖精的心臟做什麼？」年少清冽的聲音無預警在廢墟上方出現。

蓋恩心頭一緊，他完全沒察覺到這地方竟然還有第三人。

不待他看清說話者的眞面目，一個尖銳石塊平空飄起，迅若雷電地貫穿他的後背，刺進他的心臟，當場斷了他的生命跡象。

如果蓋恩來得及回頭，就會發現聲音的主人赫然是躺在水晶棺裡的少年。

「不知道我的創造者是哪一族的嗎？居然還想對妖精下手？」

長髮少年伸手往空中一抓握，輕易攔截即將飛離此地的傳音蟲。他輕飄飄地從上方落下，雙腳離地面十幾公分，乍看下就像是一片沒有重量的浮雲懸在半空中。

仔細一看，還會發現他的身子有些透明，隱隱能看見他身後的景象。

少年低頭打量蓋恩，他躺在水晶棺的時候，多少有接收到外界的動靜。

「噬心者嗎……嗤，我先去會會你們吧。」他揚起秀麗又冰冷的笑，明明眼上蒙著布，卻能準確地盯住蓋恩覆上死氣的臉，「順便爲妖精清除有害垃圾。等解決完了，再去找我的新主人……怎麼可以把價值連城的我丟著沒帶走呢？我可是大魔法師伊利葉留下的遺產哪。」

少年抬頭看向天空，腳下驟然施力，那道纖弱的身影霎時就像疾射出去的利箭，一下消失在天際。

沒了呼吸和心跳的灰髮男人微仰著頭，胸前的血污往外擴染出去，他雙眼睜大，空洞的眼珠映著藍天白雲，以及忽然出現的細碎黑點。

黑點在他眼中漸漸放大，成了純黑的雪花。

黑雪落下的區域很小，就好像天空不小心裂開一條縫隙，讓雪花不小心從裡頭溢出，慢慢地飄在蓋恩臉上、身上……

然後融成黑色的水，滲入了蓋恩的皮膚底下。

尾聲

翡翠又在作夢了。

很遺憾的是，這次夢裡沒有美食相伴，不過也沒再出現羅德、謝芙的身影。顯然就如眞神所說，雙方的夢境能夠接連，是足以稱爲奇蹟的事。

而奇蹟，就是因爲機率太小才會被稱作奇蹟。

他的夢裡再次出現黑影，但與之前常夢見的不同，它們不再歪歪曲曲，而是有如水墨暈開、凝聚……在他的夢境中流動翻轉，最後勾勒出新的形體。

像是火焰，像是漩渦，像是大蛇，像是有著多條尾巴的狐狸。

他彷彿正被它們深深地凝視著。

翡翠想起來了。

想起過去自己生活的那個世界，在現代科技的包圍下，同時也隱藏著科學無法解釋的存在。

在他的世界，在他的身邊。

那些存在被稱之爲——

「妖怪！」

旅館房間內，翡翠幾乎是反射性地從床上彈坐起來，下一秒又被一隻褐色大手不客氣地壓制回去。

「啪」地躺回枕頭上，翡翠的表情還是一臉懵懂。

「妖怪是什麼？是您家鄉的一種食物嗎？」

「不，那怎樣都不能吃的。」翡翠想也不想地猛力搖手，「總之就是……類似這裡的魔物的存在吧。」

「那對您而言，不就是食物嗎？」

「這麼一說好像是……不對，肯定不一樣的。」翡翠想竭力反駁，可一時又想不到能說服斯利斐爾及自己的說法。

他頂多是想起自己的世界原來有超現實的妖怪——怪不得他來到法法依特大陸後，

對那些長得超乎常理的魔物都接受得如此之快——更深一層的卻是沒有。

「我的蛋！瑪瑙呢？它怎樣了？」失去意識前的記憶驀然回籠，翡翠變了臉色，一下就把妖怪的討論扔到腦後，他揮開斯利斐爾壓制的手，掙扎著想從床上再爬起來。

這一次，斯利斐爾沒有阻止他。

翡翠一坐起，就發現自己的背包被放在床邊的一張椅子上，他忙不迭打開包包，映入眼中的是一顆灰白色、看起來像沒了生機的蛋。

翡翠捧起蛋的指尖微微發顫，「這是怎麼回事？瑪瑙它……」

「請您把它抱好，它需要您更多的愛。」斯利斐爾平靜地說，「它還活著。」

乍聞「活著」兩字，翡翠只覺提起的一顆心放回了原位。他說不上那是什麼感覺，心口處刺刺酸酸的，活像在他沒有意會過來的時候被人強行餵了一把酸梅和辣椒，最後形成了一股灼燙感。

「另外兩顆蛋……珍珠和珊瑚沒事吧？」翡翠只想確保萬無一失。

「它們沒大礙。」斯利斐爾指點翡翠接下來該做什麼，「您在縹碧之塔吸收到的能量部分轉移到了它們身上，但瑪瑙承受的攻擊力道太大，僅僅那些能量還不夠。您得想辦法讓它盡快從蛋裡出來，直接吃晶幣加快它的復元。您現在該做的具體行爲就是抱緊它，將它貼在您的胸口，別再和它分開了，有空可以爲它唱個搖籃曲。」

「搖籃曲我沒唱過，不過唸菜單倒是很擅長。」翡翠馬上抱緊灰蛋，隨後又怕太緊，連忙放輕力道。

沒想到他這一鬆手，原先死寂的灰蛋竟有了細微反應，硬是貼著翡翠的胸膛，好似不肯離開。

見狀，翡翠哪可能不依它的心意，馬上又把灰蛋緊緊貼上胸口。他能感知到自己的心跳聲，片刻後，隱約感覺到另一道小小的心跳震動傳遞過來。

想到三顆蛋曾義無反顧地擋在自己身前接下蓋恩的攻擊，翡翠忽然又覺得自己像連吃好幾顆青蘋果，又酸又甜的滋味徘徊在心口。

他抱著灰蛋，感受著它的重量與心跳聲，再也沒有任何時候比現在更清晰地意識到一件事。

這是他的蛋，他未來的子民，他來到這世界以後——

眞正屬於他的東西。

溫情的時間在旅館房門從外打開的時候戛然而止。

「翡……翡翠先生！」紫羅蘭沒預料到自己一推開門會見到恢復意識的翡翠，一不小心失手摔了茶杯，打翻了茶水。

「翡翠？他醒過來了？真的假的？喂喂，別擋路啊！」跟在紫羅蘭後頭的瑞比不滿地催促。見人仍杵在門口不動，他乾脆從旁邊硬擠進來，搶先進入房裡，手裡還端著一杯飲料，「唷，你真的醒過來了啊！你都睡三天了。」

「三、三天？」翡翠睜大的紫眸內寫滿吃驚，似乎沒想到自己這一躺會躺那麼久，「所以我現在在哪裡？那縹碧之塔……還有那個叫蓋恩的……」

「你在華格那的一間旅館裡，然後蓋恩死了，神厄的其他人去看過了。畢竟我可是傷患，沒力氣再跑那麼遠。我真沒想到他居然能爬出來，還以爲他會被壓在塔下呢。縹碧之塔也坍成一片廢墟，除了神厄的人之外，現在應該還有不少不死心的人在那邊想試圖挖到好東西吧。」瑞比的笑臉沒有變化，好像他提及的不是自己曾經的搭檔。

瑞比自顧自揀了房裡的一張椅子坐下，大口吸著飲料，一手無意識地往自己肚子摸去，三天前那裡還被開了個洞。

要不是他被翡翠幾人帶出來，又及時找了治療師治療，這次大概就要交代在縹碧之塔內了。

「翡翠先生，太好了！你終於醒過來了！還有哪裡不舒服嗎？你還對我的滋味有印象嗎？你喜歡嗎？」紫羅蘭一個箭步跨過地上的茶杯和水漬，殷切地圍在床前。

翡翠抱著的蛋差點脫手飛出，他轉過臉，驚疑不定地看著紫羅蘭。

等等，我是不是聽到什麼驚人的內容？

翡翠當然不至於認爲自己在昏迷期間還有辦法對紫羅蘭做什麼事，最有可能的是對方對他做了什麼事！

「你究竟讓他對我做了什麼？」翡翠飽含指責的目光射向斯利斐爾。

「翡翠先生，你別怪他。是我趁你昏迷時，堅持把我的肉片塞進你嘴巴裡的。」紫羅蘭垂下長長眼睫，藍眼裡像籠著氤氳霧氣，「雖過程粗暴了些，但結果還是好的。」

「您也不希望您的復元力異於常人這事被發現吧。」斯利斐爾淡漠的嗓音在翡翠腦海裡浮出，「非常剛好，東海皇族的血肉等同於高級治療藥劑，您吃下去，便能合理地掩蓋您的身體能夠自癒的眞相。」

妖精只因爲親元素力高就被噬心者盯上，若換成擁有自癒能力與親元素力更高的精靈……恐怕不只會引來噬心者，還可能引來更瘋狂的極端分子。

不得不說，這風險太大。

「但是……讓我吃海鮮就風險不大嗎？」翡翠可沒忘記當初只不過是吃了槐花魚的魚凍和幾片鱗片，換來的是皮膚像被烤肉網烙燙一輪的下場。

「所以您昏迷了三天。」斯利斐爾說。

「呃……咦？咦咦咦!?」翡翠還以爲他會昏迷是負傷和氣力用盡的緣故，結果竟然是海鮮過敏造成的嗎？

可怕的海鮮，可怕的過敏威力。

翡翠抱著蛋，猛地想起自己昏迷前依稀聽到世界意志的聲音，這表示他成功完成任務了吧。

睡了一覺醒來，翡翠已經有足夠的餘力去釐清這一回堪稱莫名其妙的任務。

請在綠色的塔關閉之前，破完綠色的塔，完成綠色的任務。

一開始他和斯利斐爾都先入爲主地認爲，破完綠色的塔就是攻塔成功，他們必須要到最頂層，搶到那顆綠色大寶石，才算是達成條件。

事實證明，根本不是。

原來破完綠色的塔，還真的是指物理意義上的打破塔啊。正由於他放出的風之刃誤打誤撞地割開牆面，才有了後續更進一步的任務指示出現。

將晶礦能量吸收完畢，就是所謂完成綠色的任務。

眞希望下次世界意志能給出更簡單粗暴的說明啊……翡翠嘆口氣，猛地想起更重要的正事。

他的額外獎勵呢？沒有觸發嗎？

他想問出口，可礙於還有外人在場，只好暫時將疑惑壓在心底，緊接著又想到了縹碧之塔的那副水晶棺。

「大魔法師的遺產……最後是誰得到的？」翡翠提出疑問。

紫羅蘭和瑞比同時盯住他，看得他都懷疑自己臉上是不是忽然長出朵花的時候，瑞比咬碎冰塊，率先狐疑地開口。

「你忘了？還是說躺了三天把記憶也躺沒了？」

「翡翠先生，你不記得了嗎？」紫羅蘭語氣柔軟，摻著擔憂，「是不是需要再來一片龍蝦生魚片？你等我，我馬上就……」

「不用，不需要！」翡翠迅速阻止。昏迷的時候吃進生魚片，和清醒時看人現割下來，這兩者帶給心靈的影響是截然不同的，「我是有點記憶混亂，不太記得了。」

「你那時把大家都帶走了，利用魔法從頂層裂縫飛出去。」紫羅蘭溫聲說明，「塔垮得太快，來不及帶上那副水晶棺。」

「原來如此。」翡翠也沒有心生遺憾。

畢竟那遺產也不能吃，倒不如就讓有緣人去發現吧。

「好了，我要走了。」瑞比過來也只是爲了探個病，看看翡翠的情況。如今人都醒過來了，就沒有再過來這的必要，「這次是我欠你一個人情，這隻傳音蟲你收下。」

翡翠反射性伸出一隻手，接住了瑞比扔來的東西，初看是隻非常小的黑色小蟲子。

「有困難沒辦法解決的話，就讓這隻傳音蟲帶話給我，牠知道怎麼找到我。」

「等一下。」翡翠喊住瑞比，「蟲子你拿回去吧，要還我人情的話，就幫我查一件事情。我在找黑色的雪，要是你在哪邊有看到，就派人把消息送到塔爾分部吧。」

「黑色的雪嗎……行，我記下了。」瑞比點點頭，沒有收回傳音蟲，「那隻傳音蟲你就留著吧，我剛說的話不會收回，先走了。」

不給翡翠拒絕的機會，瑞比咬著冰塊，瀟灑地擺擺手，頭也不回地走了出去。

房裡剩下翡翠、斯利斐爾和紫羅蘭。

紫羅蘭想起自己方才打翻的茶水，手指一動，散在地面的水漬匯成一道細細水流，重新回到杯子裡。

紫羅蘭拾起茶杯，溫柔地看向翡翠。

翡翠是打從心底拒絕那杯茶的。

「你要是讓在下的主人喝下那東西，在下會立刻把你趕出去。」斯利斐爾嚴峻地警告。

嗯嗯，斯利斐爾說得好！翡翠內心附和。

「那杯茶裡不知有多少有害物質，萬一傷害到在下主人的智……大腦，豈是東海皇族可以賠償得起的？」

你改不改都沒差，反正都一樣失禮。翡翠朝天花板翻了下白眼。

紫羅蘭還是頭一次聽人用輕蔑的口氣評論自己的種族，以往四海皇族在其他人口中皆是神祕且不容侵犯。

他沒有心生不悅，反倒是認同地點點頭。

對他們東海皇族而言，一切確實該以恩人為優先。

「翡翠先生，我知道你可能還對我趁你無抵抗力的時候，強迫你吃下我而感到不滿。但其實……我是有不得不做的理由。」

「但你之前明明說會先努力保養的。」翡翠這話倒不是指控。吃都吃下肚了，別想那是紫羅蘭身上不知哪割下來的，只要想它是龍蝦生魚片就足夠，「怎麼突然又……」

「我原本是預計三天內做好保養。翡翠先生，你有聽過《小美人蝦》的故事嗎？」

紫髮美男子坐姿溫馴，典雅得像一幅風景畫軸。

嗯，其實他只聽過《小美人魚》的故事。而且不知道為什麼，明明人魚的大尾巴給人很好吃的感覺，但換成蝦子的半截身體……別說勾起食欲了，那畫面還有些獵奇。

翡翠迅速抹掉腦內畫面，也不忘分出心神聽紫羅蘭說完《小美人蝦》的故事。

內容和他知道的《小美人魚》差不多，只不過主角換成了蝦子。

根據紫羅蘭所說，那隻小美人蝦是他們一族的祖先，年幼時曾被人族的一名王子所救，之後又在暴風雨之夜救了船上的王子。

爲了確認恩人後來的狀況，小美人蝦和族裡的女巫交換條件，喝下魔藥，用聲音把自己的蝦尾換成了人類的腿，並得設法成爲王子的妻子，否則期限一到就會化成泡沫。

故事結局也如同《小美人魚》一樣，是個悲劇。王子娶了鄰國公主，小美人蝦成爲泡沫消失……

「你……」翡翠心裡一驚，「紫羅蘭你該不會也是喝了魔藥，才有了人類的雙腳吧！」

「請別爲我擔心，翡翠先生。」紫羅蘭淺淺一笑，「成年的海族能化出人形，不須藉助魔藥。」

不，他擔心的是他會被迫娶面前的憂鬱美男子……翡翠鬆了口氣。

「那麼這故事，跟你趁我昏迷的時候，餵我吃龍蝦生魚片有什麼關係？」

「是這樣的。」紫羅蘭將垂下的髮絲撩到耳後，「爲了不讓其他族人步上小美人蝦的後塵，讓悲劇一再發生，當時的王與女巫一同向眞神請求，並獲得了眞神的回應，從此族裡對於報恩就有一條新規則，在眞神意志的加護下，那條規則是不允許推翻的。」

翡翠有種不太妙的預感，「新規則是……」

「若要報恩，就得以身相許。若無法在期限內報答恩情，就會化成泡沫，消失於世上。」

「等一下，這聽起來好像和《小美人蝦》的故事差不多……而且你絕對是誤會以身……算了。」翡翠怕自己解釋下去，紫羅蘭會堅持嫁給他了，這發展可一點也不美妙。

「不，完全不一樣，翡翠先生你聽我說完。」紫羅蘭搖搖頭，「一旦被救了，就得報恩。爲了報恩，我們會和女巫交換條件，喝下魔藥，然後我們就能大致感知到恩人的所在位置。找到恩人後，時間就會開始倒數，萬一超過期限，沒有成功報恩的話……」

「你就會變成泡沫？這種事你應該早點說的，這樣我就會努力忍耐過敏發作，吃下一口生魚片的。」翡翠伸手想拍拍紫羅蘭的肩膀，他畢竟也不希望自己看上的未來食材和未來廚師英年早逝。

「不。」紫羅蘭還是搖搖頭，憂鬱深邃的眼神注視著翡翠，「是翡翠先生你會變成泡沫。」

翡翠伸出的手停在半空中，懷疑自己聽錯了，「……誰？」

「爲了不讓悲劇重演，族人因而失去生命，按照新規則，倘若報恩沒完成，那麼恩人就會變爲泡沫消失在大陸上。爲了不讓恩人消失，大家在報恩的時候都很努力，必要時手段也會粗暴一點，幸好翡翠先生沒有變成泡沫呢。」紫羅蘭一掃愁思，嫣然一笑。

那笑容很美，有如月下美人幽然綻開。但翡翠看了內心毫無波動，一來是他自己笑起來肯定更美，二來他只想冷酷地朝紫羅蘭，甚至整個東海皇族扔出一句話。

——你們他媽的有問過你們恩人的意見嗎！

等等，他還有另一句話想砸向眞神：這訂的是什麼破規則啊！

可惜眞神沉睡中，向眞神代理人反應估計也只會收到官方回覆，只好吞下肚。

翡翠緩緩地呼吸幾次，然後對紫羅蘭也嫣然一笑。他的美貌本就驚人，一笑起來更是像春日百花齊放，幾乎要迷眩人的眼。

「既然我都吃了，那麼紫羅蘭你的報恩也完成了。」

潛台詞就是：現在可以請你滾了嗎？等我成功緩解過敏症狀的時候再去找你。

紫羅蘭自然讀不出翡翠的言下之意，他反而露出了歉疚的神情，「按照規則來說，雖然是完成的，翡翠先生也不會化爲泡沫。但這樣……對翡翠先生太不公平了。」

哪裡？沒變成泡沫這點嗎？

「我沒辦法讓你好好品嚐我的美味……」紫羅蘭的憂傷躍回眉宇間，他泫然欲泣地說，「翡翠先生應該是要清醒地吃著龍蝦大餐，這對我而言才是正確的報恩方式。請你放心好了，這一回的歷練讓我充分認知到自己的不足，我會再回去好好修練一番。下次見面時，一定會讓你見識到全新的我，全新的更優良肉質。」

紫羅蘭霍地站起來，一掃先前的纖弱氣質，表情竟是變得堅毅。他朝翡翠行了個禮，匆匆地離開房間，顯然要去執行他的承諾。

翡翠連勸阻都來不及——雖說他也不是很想阻止，起碼短時間內他可以不用看見紫羅蘭在他面前晃來晃去，還要現場表演活割生魚片。

「對了，斯利斐爾。」翡翠總算可以說正事了，「印象中我有聽見世界意志收到能量的聲音……那額外獎勵呢？世界意志有順便說嗎？還是它在我昏過去的時候說了？」

「目前都沒有。」斯利斐爾將翡翠的晶幣拿出來，疊成一小座高塔，「精靈族幼崽即將誕生，您得先準備好給他的食物。」

「快住手，好歹留一點下來！你是想讓我們回程時吃空氣、喝露水嗎？」翡翠抽了口氣，那些晶幣可是他目前身上的所有財產。

斯利斐爾充耳不聞，似乎覺得疊成高塔太單調，他以精準的角度，讓晶幣們疊成一座城堡，每一枚錢幣的間隙都算得絲毫不差。

翡翠奮力探出一隻手，打算攻擊城堡，先搶回一把晶幣再說。沒想到就在這個關頭，他抱著的灰蛋溫度越來越高，心跳聲也越來越明顯。

翡翠急忙把它捧高高，一時竟手足無措，不知該把它放哪邊才好。

打從重生到法法依特大陸以來，他總是抱持隨遇而安……或者說白點，是生死隨意的態度。雖然美食很棒，但要是不小心死掉了，那就死了吧，反正都活過一次了。

這似乎是他第一次對某個東西如此嚴陣以待。

還沒等翡翠決定好是要抱著還是放在床上，灰蛋「啪」地破個粉碎，蛋殼片片落下，一聲稚嫩的「翠翠」一併竄了出來。

這瞬間，翡翠不知道自己是該笑還是該哭。

笑，是因爲從蛋裡破殼而出的瑪瑙是個巴掌大的精緻小人，又萌又可愛。

瑪瑙耳朵尖尖，頭髮白得像棉花糖，一綹淡綠髮絲夾摻在其中，金色眼睛如同糖漿甜蜜動人，皮膚則像剛蒸好的饅頭又白又軟。還自帶一件輕飄飄的漂亮衣服，讓他想起原世界的黏土人或公仔。

哭，是因爲他同時聽見世界意志的聲音。

那道沒有波動、有時會令人懷疑是機械合成音的聲音，冷不防冒出來刷存在感。

「額外獎勵觸發，獎勵內容——」

「銘謝惠顧，請再接再勵。」

翡翠閉上眼，覺得眼角濕濕熱熱，對這個世界只有一句話想回報。

啊———幹！

《我，精靈王，缺錢！03》完

後記

讓各位久等等等等了～～～～～

「精靈王」第三集爲大家送上！

還可以趁此機會把前面的一、二集再拿出來，重新溫習翡翠的美貌！

一樣接下來會有劇透，不想被捏到的記得先跳過喔。

這集出現了不少重點，例如縹碧之塔、神厄、東海皇族，還有最關鍵的黑雪，也終於出現了。

雖然只是一眨眼的鏡頭，不過之後會越來越強勢彰顯存在感的。

差點漏算一個了，還有一個更更重要的……我們的小金蛋，在本集也總算孵出來了！

第一隻小精靈都出生了，第二隻和第三隻還會遠嗎？

預計下集我們就能欣賞到瑪瑙的美貌了。

這集則是請好好欣賞初登場的小龍蝦大美人XDD

當初只在翡翠獲得的世界知識裡帶過的四海皇族之一，正式在這個世界裡露臉了，是隻非常美麗的龍蝦喔。

寫紫羅蘭恢復原形的時候，努力查了一下蝦子的資料，還觀察了親友養的小蝦們。那些小蝦子眞的好可愛，大概一個指節的長度，半透明，可以看到牠們的腳腳不停地搓動。母蝦懷孕的時候，還能清楚看見牠的蛋，很像超迷你小珍珠在肚子裡滾動的感覺。

附帶一提，紫羅蘭的姓氏是「極火」，這兩個字其實是某一種觀賞蝦的名字。

說到姓氏，瑞比和蓋恩的名字也各自有代表含意在裡面。

瑞比的很好猜，就是兔子；至於蓋恩，他的名字則是源自史上的一位殺人魔……嗯，也跟蓋恩有類似的興趣。

瑞比在「精靈王」裡不是第一次出場了，他就是第一集裡，最後和水之魔女對話的那位少年，之後也還有機會看見他出現的。

在寫後記的時候剛好碰上梅雨季，本來想找時間去看個電影的，但下不停的雨打亂了計畫。

因爲片子上映的時間好像很短，也不曉得能不能順利看到呢。總之是部鬼片，我已經打算帶耳機進去看了，這樣可以避免音效太大嚇到自己。

說出來的時候朋友都在笑，但我很認眞的啊XDDDD

上回看《女鬼橋》也是摀著耳朵，才沒把自己嚇個半死。順便推一下，《女鬼橋》不錯看，如果之後電視放映的話，千萬別錯過。

第三集的「精靈王」一樣要記得脫下它的書衣，就會獲得本集彩蛋了！

那我們下一集的「精靈王」見了～

醉琉璃

心得感想區QR Code
歡迎大家上來分享唷！

我，精靈王，缺錢！

【下集預告】

為了證明自己不是混吃等死的~~美食王~~精靈王，
翡翠決定主動出擊，尋找碎星能量。
目標是正在籌備祭典的南方城市馥曼。

聽說，馥曼城主的傳家之寶是大法師遺物！
聽說，城主府正在鬧鬼！
透過公會介紹，翡翠以捉鬼大師的身分順利進入城主府，
卻沒想到竟遇見以為已經死去的「那個人」，
還聽到了世界任務發布的聲音……

孵金蛋、養幼崽、賺晶幣、吃鬆餅，
精靈王每一天，充實無比！

〈所以我被星星砸到頭〉

2020年秋季，敬請期待！

國家圖書館出版品預行編目資料

我，精靈王，缺錢！/ 醉琉璃 著.
——初版. ——台北市：魔豆文化出版：蓋亞文化發行，2020.07
冊；公分.（Fresh；FS179）
ISBN 978-986-98651-2-8（第3冊：平裝）
863.57 109009080

fresh FS179

我，精靈王，缺錢！03

作　　者　醉琉璃
插　　畫　夜風
封面設計　莊謹銘
主　　編　黃致雲
總 編 輯　沈育如
發 行 人　陳常智
出 版 社　魔豆文化有限公司
發　　行　蓋亞文化有限公司
地址：台北市103承德路二段75巷35號1樓
電話：02-2558-5438　傳眞：02-2558-5439
電子信箱：gaea@gaeabooks.com.tw
投稿信箱：editor@gaeabooks.com.tw
郵撥帳號 19769541　戶名：蓋亞文化有限公司
法律顧問　宇達經貿法律事務所
總 經 銷　聯合發行股份有限公司
地址：新北市新店區寶橋路二三五巷六弄六號二樓
電話：02-2917-8022　傳眞：02-2915-6275
港澳地區　一代匯集
地址：九龍旺角塘尾道64號龍駒企業大廈10樓B&D室
電話：+852-2783-8102　傳眞：+852-2396-0050
初版一刷　2020年 7月
定　　價　新台幣 240 元
Published and printed in Taiwan

ISBN 978-986-98651-2-8

魔豆

魔豆